詞

箋

張夢機　著

三民書局

國家圖書館出版品預行編目資料

詞箋／張夢機著.－－二版二刷.－－臺北市：三民，2016
面；　公分.－－(文苑叢書)

ISBN 978-957-14-4883-1　(平裝)

852　　　97007372

© 詞　箋

著作人	張夢機
發行人	劉振強
著作財產權人	三民書局股份有限公司
發行所	三民書局股份有限公司
	地址　臺北市復興北路386號
	電話　(02)25006600
	郵撥帳號　0009998-5
門市部	(復北店) 臺北市復興北路386號
	(重南店) 臺北市重慶南路一段61號
出版日期	初版一刷　1971年12月
	二版一刷　2008年5月
	二版二刷　2016年4月
編號	S 820250

行政院新聞局登記證局版臺業字第〇二〇〇號

ISBN 978-957-14-4883-1　(平裝)

http://www.sanmin.com.tw　三民網路書店

再版說明

中國四大韻文體之一——詞的產生，溯其源流，約在盛唐與中唐之間。到了宋代，詞體大盛於世。由北宋到南宋，產生了柳永、蘇軾、周邦彥、辛棄疾、張炎等名家，風格由淺斟低酌而至慷慨奮發，詞體成為宋代文學的代表。

本書所收錄，乃張夢機先生所作五代、兩宋詞人之名作賞析。各章節均有作者生平文風概說，及各首詞作之欣賞。書末另附兩章：五代名家韋莊詞欣賞，以及革命先烈先進詩詞欣賞。夢機先生之賞析，由意境以至筆法、用韻，旁及歷代各家評語，無論是一般讀者自修，或者作為學生之學習參考，相信均能有所裨益。

本書自出版迄今，已三十餘載，因其內容難易適中，所選亦皆為名家經典詞作，故深受讀者歡迎，曾多次再版。惟早年印刷條件不佳，且其開本及版式，亦有異於現代出版潮流。本次再版，我們除將開本及字體放大，重新設計版式外，並以本局自行撰寫的字體編排，力求美觀、大方；同時將舊版的訛誤疏漏之處，一併加以修正，以期閱讀時能夠更加便利舒適。衷心希望，讀者能夠透過本書，一窺經典詞作之堂奧。

三民書局編輯部　謹識

詞箋

目次

附　錄：

李煜詞欣賞

李煜的詞，無論寫豔情、寫感慨，常能糅合兩種不同的風格，而表現得水乳交融，渾然無跡；使雄奇中有幽怨，豪放中有婉約，這是歷代詞人所不能企及的。同時，他的詞，全用素描，不加雕飾；以協和的音調，清淺的詞句，自然的摹寫，來表達那宛轉纏綿，深厚曲折的情愫。所以王國維讚美他的詞「神秀」，王鵬運《半塘老人遺稿》也說他的詞「超逸絕倫，虛靈在骨」，像空谷芝蘭一般，而推崇他是「詞中之帝」，這些評論，都很中肯。

李煜，字重光，初名從嘉，自號蓮峰居士，是南唐中主李璟的第六子，世稱李後主。他即位時，南唐已奉宋朝正朔，勉強在江南一隅苟延殘喘。宋開寶七年，宋將曹彬領兵攻伐南唐，次年冬天就攻陷了金陵，李煜無可奈何，只好肉袒出降，被宋太祖嘲弄地封為「違命侯」，太平興國三年，因事觸怒了太宗，被害死，死時才四十二歲。

李煜心慈情厚，多才善感、妙解音律、兼善書畫；這些都是使他成為風流倜儻的詞人的因素。他的詞，由於一生際遇的不同，因此在作風上，也強烈地刻劃出前後兩期的明顯分野。當他在位的十五年中，以帝王之尊，生活奢侈；在深宮的清歌豔舞，宮妃的纏綿恩愛中，都

足以表現他的絕代才華。不過在他的前期作品中，儘管寄情聲色，但仍然是風華掩映，氣體清高，自成他一分馨逸的筆意，比起《花間集》的豔詞來，要顯得自然實在得多。及至國亡身辱，性命懸於他人之手，不免感懷身世，所以在他後期的作品中，處處流露著沉痛與哀傷的感情，真是淒涼、怨慕、絕豔、奇哀，令人不忍卒讀。《人間詞話》說：「詞至後主，眼界始大，感慨遂深」，就是指他後期的作品而言。不過這裡應該說明的是：李煜前、後期的詞，儘管悲歡之情不同，而他不事寄託，自抒襟抱的風格卻是一致的。他的詞流傳到後世的計有四十六闋，數量雖然不多，但歷代評詞的人，卻都讚揚不已，下面我們選他的幾首代表作來欣賞：

菩薩蠻

花明月暗飛輕霧，今宵好向郎邊去。衩襪步香階，手提金縷鞋。　畫堂南畔見，一晌偎人顫。奴為出來難，教君恣意憐。

欣　賞

據《南唐書》所載，李後主的繼室小周后，是昭惠后的妹妹，當昭惠后生病的時候，小周后常常到宮中來探看她姊姊的病，因此和後主有了私情，李後主後來作了這首〈菩薩蠻〉詞，來描寫他與小周后婚前幽會的情形。

霧薄月黯的晚上，本來不是賞心樂事的良辰，但卻是情人幽會的大好機會，第二句著一「好」字，分明已經將少女竊竊自喜的心理點出，很有傳神之妙。「衩襪步香階」兩句，刻劃小周后小心翼翼，怕人發覺的神情，尤其細膩，令人髣髴已看見她手提金鞋，以襪代步的神態了，真教人又愛又憐。

下片摹寫兩人見面後的情形。畫堂南畔，是他們幽會的地方，一晌，是片刻的意思，「一晌偎人顫」，是說她依偎在後主懷裡顫抖了一陣子。最後兩句，「奴為出來難，教君恣意憐」，雖稍嫌俚俗大膽，但由於蘊藏真情，所以也極為動人，不致被後來的詞家們所詬病。我們知道，文學創作，最貴情真，情感真摯就能有好文章，這絕不是矯揉造作的人可以寫出來的，白居易作詩著意於為事為時，正是他歌詩的白璧之瑕。李煜詞中作豔語而不流於猥褻，描寫細密清麗，而不流於淫淺，也正是因他一本於情真的緣故。

詞中首二句，寫小周后未赴約前的興奮，三四句寫她赴約時的神態，過片兩句，描寫見面後的嬌怯，末二句道出她讓後主恣意憐愛時的心思，層次分明，章法井然，刻劃也都能入木三分。

另外，李煜這闋〈菩薩蠻〉，著重在活的描寫，這是一種很困難的手法，一般詞客用韻文來興懷敘事，寫景詠物，都會覺得力能勝任，游刃有餘，唯獨對動作的模擬，最感棘手，然而李煜的「衩襪步香階，手提金縷鞋」，「畫堂南畔見，一晌偎人顫」，則無不刻劃入微，栩栩如生。前人其他的作品，像張先的〈菩薩蠻〉：「牡丹含露真珠顆，美人折向簾前過。含笑問檀郎，花強妾貌強。檀郎故相惱，剛道花枝好。花若勝如奴，花還解語無。」恰能寫出一片嬌嗔之感。近人蘇曼殊的絕句：「碧闌干外遇嬋娟。故弄雲鬟不肯前。問到年華更羞怯。背人偷指十三絃。」也矜持得妙。如果我們以這種觀點去欣賞花間詞人的「碧羅冠子穩犀簪，鳳凰雙飛步搖金」（和凝〈臨江仙〉），「鏤玉梳斜雲鬢膩，縷金衣透雪肌香」（李珣〈浣溪沙〉）等詞句，便覺毫無生氣，落入死相了。

虞美人

春花秋月何時了，往事知多少。小樓昨夜又東風，故國不堪回首月明中。

雕闌玉砌應猶在，只是朱顏改。問君能有幾多愁？恰似一江春水向東流。

欣賞

這首詞是李煜後期的作品，宛轉哀傷，深情一往，王世貞說：「問君能有幾多愁，恰似一江春水向東流。情語也，後主直是詞手。」譚復堂也以「豪宕」兩字來讚這首詞，這些批評都是很正確的。

「春花秋月何時了」，起句便劈空而下，何其沉鬱，何等感慨，可惜由於傳誦太久，已漸漸被人看作尋常語了。李煜投降宋朝以後，日日以淚洗面，前塵往事，如夢如煙，花開月滿，除了平添愁緒以外，對他來說，已經失去任何意義，所以不覺地就厭春秋之長了。春花句實在是全篇之眼，含蘊無限沉痛，引出無限愁緒，以下步步緊逼，力注結尾。回首故國，是愁，物是人非，是愁，最後更逼出「問君能有幾多愁」兩句，筆力千鈞，貫串全詞，真可說是劈空奇語。

「小樓昨夜又東風」的「又」字，與起句「何時了」三字密接，而「故國不堪回首月明中」則是「往事知多少」的必然轉折，就章法來說，第三句應第一句，第四句應第二句，隔句相承，使情境互相感發。這種章法，在詩中稱為分應格，如呂溫〈吐蕃別館中和日寄朝中僚舊〉詩：「清時令節千官會，絕域窮山一病夫。遙想滿堂歡笑處，幾人似我向西隅」。就用的這種章法。可是李煜這四句，渾然天成，一氣讀下，竟不見有章法，這可能是由於至情生文的緣故吧！

過片兩句，寫今昔之感。「雕闌玉砌」，比喻舊宮的富麗，「應猶」二字是懸疑之詞，有些版本作「依然」，太過肯定，便落板相，因為〈虞美人〉詞是李煜降宋北上後的作品，其後竟以詞中「小樓昨夜又東風」及「一江春水向東流」兩句召禍，所以詞中回憶江南故國，似乎用疑詞比較恰當。「朱顏改」即是山河改的意思，王壬秋認為：朱顏本來是指山河，只因他投降了宋朝，所以不敢直說，如果直說山河，就反而淺了。這種見解很新穎，因此我們可以看出過片兩句，實在已經暗寓「物是人非」和「風景不殊，江山已非」的淒涼之感了。

「問君能有幾多愁，恰似一江春水向東流」，是以明喻的手法來形容自己愁緒的多。古人詩詞中，喻愁的方法很多，有用水比喻愁的，如李頎詩：「請量東海水，看取深淺愁」。有用山比喻愁的，如趙嘏詩：「夕陽樓上山重疊，未抵春愁一倍多。」李煜這句是用一江春水來比喻愁，並且，立意也有來歷，白居易詩：「欲識愁多少，高於灩澦堆」，劉禹錫詩：「蜀江春水拍山流，水流無限似儂愁」，李煜是祖述其意而用，只是技巧上要高明得多了。

這二句初看似覺平澹，其實仔細揣摩，就會發現「恰似一江春水向東流」九個字，一氣瀉下，好像三峽急湍，龍湫飛瀑，無論在句形上以及音節上，都給人有春江千里，滔滔一往的感覺。類此以句法表現物態的手法，在後主〈清平樂〉詞中還出現過一次，這闋詞的最後兩句是：「離恨恰如春草，更行更遠還生」，上句用春草比喻離恨，下句兩字一逗，一波三折，正象徵一叢一叢的春草。兩詞句法的變化，與春水春草的形態韻味，融成一片，外體物情，內抒心象，簡直已臻化境了。

這首詞充滿著作者的個性情感，家國之痛，和傷今憶往之情，都表現在字裡行間，一字一淚，令人動容。

子夜歌

人生愁恨何能免？銷魂獨我情何限。故國夢重歸，覺來雙淚垂。　高樓誰與上？長記秋晴望。往事已成空，還如一夢中。

欣　賞

文學創作雖然應富有想像力，但是更應該知道縱收的技巧。因為不縱，就不足以騁馳情思，渲染文筆；不收，就會流於放蕩迷失，漫無主旨。劉熙載《藝概》說：「詞要放得開，最忌步步相連，又要收得回，最忌行行愈遠，必如天上人間，去來無跡，斯為入妙」。這話可說是作詞乃至作文章的至理名言。李煜這首〈子夜歌〉，就是一個範例。

這首詞前闋寫夢裡重歸故國，夢是真而夢境是假；後闋寫往事如夢，往事是實而夢是虛，覺來淚垂，是因為夢中得見故國，而醒時夢境消失的緣故，真有「殘山夢最真，舊境丟難掉」的惆悵。往事成空，則醒時還覺得自己仍然活在夢中一樣。夢中入幻，已經引起醒後的悲哀，而醒時如夢，又更感觸到人生的虛幻，虛實顛倒，方縱而乍收，手法非常高明。

這首詞也是李煜降宋後，懷念故國的作品，馬令《南唐書》注：「後主樂府詞云：『故國夢重歸，覺來雙淚垂』，又云：『小樓昨夜又東風，故國不堪回首月明中』，皆思故國也」，本詞的第一句，和下一首〈相見歡〉詞的末句：「自是人生長恨水長東」，同樣肯定了牽愁帶恨的人生，從這裡可以看出他在北國的全面心境。

相見歡

林花謝了春紅，太匆匆，無奈朝來寒雨晚來風。　胭脂淚，相留醉，幾時重？自是人生長恨水長東。

欣　賞

這首詞有五個韻，每韻一節，句法長短錯綜不齊，叶韻也抑揚高下，唸時必須每韻作一小頓挫，才能顯出詞情與詞調的美。這闋詞初看好像是前半寫景，後半寫情的手法，其實是景中有情，情中有景，二者融會不分的，譚復堂評為「濡染大筆」，是不錯的。

上片三句，一韻一折，但氣脈又非常貫注。林花凋謝了，褪去了舊日鮮紅的顏色，起筆便有遲暮憔悴的意味。「太匆匆」，是驚嘆的語氣，表示想不到竟謝得那麼快，三句追溯花謝的經過緣由，乃是因為朝朝暮暮，風片雨絲不斷摧殘的結果啊！「無奈」二字，特別傳達出作者的悲憤神情。再者，上片貌似惜花，其實可以影射他自己，花和人實在已經融而為一了。我們讀《宋史》，知道南唐在未降宋朝以前，早已淪為宋朝的附庸，但李煜只知道結歡修貢，以謀妥協，卻不作禦敵圖存的根本打算，等到曹彬南下，兵困金陵的時候，他還在淨居寺聽和尚講經，這「一旦歸為臣虜」的事實，是他意料不到的，所以才會有惜花的感慨。

過片三短句，忽然說到人事，好像與上片斷了脈絡，其實這也是人花雙寫的筆法。「春紅」二字已經遠遠地為胭脂埋下伏筆，而匆匆風雨，又處處扣合到淚字，春紅著雨，不就是胭脂淚嗎？這是修辭學上的聯想作用。「相留醉」的醉字，用得很妙，佘雪曼說：「妙在醉的本身又含有紅色的意味，與血淚林花的色彩正合。」「幾時重」，是說不知幾時眼淚又流下來了。結句「以水之必然長東，喻人之必然長恨」（唐圭璋語），又是一種「無奈」的心情，較「一江春水」句更為沉著深刻。

《讀詞偶得》說：「此詞全用杜詩『林花著雨燕支濕』，卻分作兩片，可悟點化成句之法」。運化古人的成語入詞，是詞中造句的方法之一，但必須將古人的成語重加剪裁，或者引申其意，或者翻陳出新，總要使讀者不覺得在沿襲才好，如晏幾道〈鷓鴣天〉詞：「今宵賸把銀釭照，猶恐相逢是夢中」，就是點化杜甫「夜闌更秉燭，相對如夢寐」的詩句。辛稼軒〈霜天曉角〉詞云：「吳頭楚尾，一棹人千里，休說舊愁新恨，長亭樹今如此。宦遊我倦矣，玉人留我醉，明日落花寒食，且住為佳爾」，則是從晉人「天氣殊未佳，汝定成行否，寒食近，且住為佳爾」的話中，脫胎而出的，這些都是巧於偷換的例子。至於李煜這闋點化了杜甫的成句，則更是能融化無跡，以致使人只覺他詞句渾成，而不覺其剿襲了。

前面說過，李煜的詞，兼有雄奇幽怨兩種風格，如〈虞美人〉、〈浪淘沙〉諸詞，都能美盡剛柔。宋代詞家，像周美成的深美閎約，蘇東坡的跌宕豪放，雖也各有獨到之處，但總不免有所偏勝，而李煜卻能兩者兼容，這大概是由於情深一往所使然，《讀詞偶得》說：「惟其深而不拔，乃鬱為幽怨；惟其往而不返也，又突發為雄奇」，是不錯的。不但如此，有時就是一調的兩闋，也都能剛柔各盡其美，足見他的詞，決不是被局限在某一種風格內的，我們以他另一首詞來比較，或者可以看到一點端倪：

無言獨上西樓。月如鉤。寂寞梧桐深院鎖清秋。　剪不斷、理還亂、是離愁。別是一番滋味在心頭。

這一首與前面「林花謝了春紅」那首，按調譜同屬〈相見歡〉，可是我揣摩兩詞哀怨的利滯，詞意的曲直，字句的疾徐，音韻的洪細，彷彿已可領略前首的陽剛之美，和後一首的陰柔之美了。

破陣子

四十年來家國，三千里地山河。鳳閣龍樓連霄漢，瓊枝玉樹作烟蘿，幾曾識干戈？　一旦歸為臣虜，沈腰潘鬢銷磨。最是倉皇辭廟日，教坊猶奏別離歌，揮淚對宮娥。

欣賞

這首詞是李煜追敘他辭廟北上的名作。詞情悽厲，有人認為這首詞是李煜前後期詞風的轉捩點，是很有道理的。

開首兩句，以四十年和三千里對舉，把時間推得極遠，把空間推得極廣，不但詞意沉雄有力，也為下片作了伏筆。鳳閣瓊枝兩句，用的也是偶句，極度描寫生活的豪華，那時後主那裡知道有戰爭這回事呢？

過片「一旦」二字，真是晴天霹靂，四十年的家國，三千里的江山，以及往日的繁華，誰料到竟然在旋踵之間，變作過眼雲煙，至今「歸為臣虜」，「沈腰潘鬢」也隨著時光的流轉而「銷磨」了，兩句中間，蘊藏著多少幻滅的辛酸與痛苦。「最是」兩句，下得沉痛。離歌在耳，淚水未乾，回憶倉皇辭廟的慘況，真是滿紙秋聲，令人一掬同情之淚。

「最是倉皇辭廟日」三句，蘇軾在《東坡志林》中曾有微辭，認為他既然不知進取，以致把國家亡了，就應該「慟哭於九廟之外，謝其民而後行」才是，怎麼還「揮淚宮娥，聽教坊離曲」呢？我們認為蘇東坡這話真是迂闊之論。王國維《人間詞話》說：「詞人者，不失其赤子之心者也」，又說：「客觀之詩人，不可不多閱世，閱世愈深，則材料愈豐富、愈變化，〈水滸〉〈紅樓夢〉之作者是也。主觀之詩人，不必多閱世，閱世愈淺，則性情愈真，李後主是也。」李煜是一位徹底的主觀詩人，他從沒有直視過現實，沒有關心過社稷，但他卻將他自己的生活形態和心理狀態，毫不掩飾地和盤托出了，所以在倉皇辭廟的時候，他不揮淚對宗社，而揮淚對宮娥，這正是出於他情性之真，何況，「若以填詞之法繩後主，則此淚對宮娥揮為有情，對宗廟揮為乏味也」（梁紹王《兩般秋雨盦隨筆》）。因此，他之揮淚對宮娥，無論在人情上或文情上，我們都認為是合理的。

晏幾道詞欣賞

在詞學史中，父子都享盛名的，南唐有中主、後主，北宋有大晏、小晏。大晏即晏殊，字同叔，有《珠玉詞》。小晏便是晏殊的幼子晏幾道，字叔原，號小山，他的生卒年月不詳，大約與柳永、蘇軾同時，有《小山詞》一卷行世。

我們要瞭解小山詞的風格，必須先知道他的生活和性情。他雖貴為宰相子弟，但因為他那種「磊隗權奇，疏於顧忌」的性情，涉世不深，不懂得夤緣附會的途徑，因此只做過潁昌許田鎮的小監官。小山自視甚高，儘管「陸沉於下位」，可是他「不能一傍貴人之門」（黃山谷〈小山詞序〉），始終不肯向環境屈服，最後竟落到飢寒交迫，窮愁落魄的境地。

小山雖然宦途失意，卻在詞中得到了報償，他的詞閒雅婉妙，喜歡以詩人句法入詞，精壯頓挫，動人心弦；因此造境之高，鍼鏤之密，都較乃翁《珠玉詞》為勝。

有人以「華貴風流、沉鬱悲涼」來形容小山詞前後期的風格，真是獨具慧眼。晏幾道早年的境遇是華貴的，歌衫舞影，蘊藉風流，雖作豔詞，也雍容大度，華而不俗，決不流於輕褻卑下，黃山谷稱之為「狎邪之大雅」也就是此意。他後期的作品，則出於對往事的追憶，那時他生計日艱，故舊凋零，自不免流露那種哀怨淒楚之感了，所以在詞中，也時時飄動著春夢秋雲般的迷離情調，以及羅衣鵾絃的追懷嘆息，「南陌暖風吹舞榭，東城涼月照歌筵」的生活，都成了過眼雲煙，而今只剩下「一春彈淚說淒涼」的哀怨了。馮煦《宋六十一家詞選例言》說：「淮海，小山，真古之傷心人也，其澹語皆有味，淺語皆有致」，就是指他這一時期的作品而言。下面依照往例，選幾首代表作，便於欣賞。

臨江仙

夢後樓臺高鎖，酒醒簾幕低垂。去年春恨卻來時，落花人獨立，微雨燕雙飛。　記得小蘋初見，兩重心字羅衣。琵琶絃上說相思，當時明月在，曾照彩雲歸。

欣　賞

這首詞所寫的是對舊日愛情生活的懷念。《詞林紀事》說：「此詞當是追憶蘋雲而作」。（按：蘋雲是小山從前愛戀過的一個歌女。）

「夢後」、「酒醒」是人最愁寂的時候，王漁洋詩：「宦情薄似秋蟬翼，愁思多於春繭絲。

此味年來誰領略，夢殘酒渴五更時」，也就是這個意思。而這時心靈空虛，又忽對高鎖的樓臺，和低垂的簾幙，遂引起「燕子樓空，佳人何在」的悵觸，真教人難以為情。當去年春恨又湧上心頭的時候，觸景生情，所以恨自己在落花時節，獨立耽寂，更恨燕子偏在此時，對人剪雨雙飛，三句淡淡寫來，卻充滿幽怨哀傷。

對小蘋的記省，是由「樓臺」、「簾幕」而來，也是「春恨」的根源。「兩重心字羅衣」等四句，是寫對往事的追懷；記得去年初見小蘋的時候，她正穿著香羅袷衣，彼此通過鵾絃來訴說相思之意。「當時明月」回應「夢」字，也是導致「去年春恨」的因素，如今小蘋已去，而曾經照送小蘋的明月，依舊長在，風物未改，人事全非，是又不能不從舊事再生出新恨了。婉轉回環，詞絕而意不絕，難怪陳廷焯《白雨齋詞話》要讚美他的詞「既閒婉、又沉著」，在「當時更無敵手」了。

在這裡附帶一提的，是關於詞中的情景問題。張德瀛《詞徵》說：「詞之詭曰情景交鍊，宋詞如李世英『一寸相思千萬緒，人間沒箇安排處』，情語也。梅堯臣『落盡梨花春又了，滿地斜陽，翠色和煙老』，景語也。姜堯章『舊時月色，算幾番照我，梅邊吹笛』，景寄於情也。寇平叔『倚樓無語欲銷魂，長空黯澹連芳草』，情繫於景也。詞之為道，其大旨固不出此」，其中所說的「情語」和「景寄於情」，自然是以情為主，而所謂的「景語」和「情繫於景」，也仍然以情性為依歸，譬如梅堯臣的句子，為了表達作者惜春的愁思，就選取落花斜陽，翠色和煙老的景色來陪襯。再如寇平叔的詞，正因為作者「倚樓銷魂」，所以才使長空芳草也因移情的作用，而同時呈顯「黯澹」的色相，否則長空自遠，芳草自綠，怎麼會黯澹呢？因此，一言以蔽之，任何名篇佳作，都是以情為主而以景為從的，因為必須如此，才能情與景會，水乳交融，所謂「洞監風騷之情者，亦江山之助也」，就是這個道理。

我們再看晏幾道的這首〈臨江仙〉詞，也恰能符合這個原則。上闋說簾幕低垂，落花微雨，人方獨立，燕仍雙飛，去年的春恨，能不重來？作者的春恨情懷，正藉著這一片愁人的景色襯托出來。下闋回憶和小蘋初見時，她穿著心字香薰的羅衣，琵琶似語，訴說相思，當時的天上明月，還曾照送小蘋歸去，如今明月猶在，而物是人非，只有空勞夢想了，摹寫一片今昔相同的景色，卻反逼出一種今昔不同的情懷來。這首詞情與景相互牽縈，並且在綰合的地方，又像輕霜溶於水中，了無痕跡，真不愧是才人之筆。

鷓鴣天

彩袖殷勤捧玉鍾，當年拚卻醉顏紅。舞低楊柳樓心月，歌盡桃花扇底風。

從別後，憶相逢，幾回魂夢與君同。今宵賸把銀釭照，猶恐相逢是夢中。

欣賞

這首詞黃昇《花菴詞選》題作「佳會」，寫往日舞樓歌扇生活的回憶，和別後重逢的驚喜。彩袖，是指穿彩衣的歌女。古人詩詞中，常以彩袖、紅袖或者翠袖來比喻女子，如韓偓詩：「紅袖擁門持燭炬，解勞今夜宴華堂」，辛棄疾詞：「倩盈盈翠袖，搵英雄淚」，都是如此。這種取與某事物有關係的事物，來比喻其事物的喻法，在修辭學中稱為換喻法。玉鍾，指珍貴的酒盃。彩袖殷勤捧玉鍾，是說穿彩衣的歌女捧著酒盞殷勤地勸酒。

第二句「當年」一詞，已寫出詩人無限今昔之感，當年彩袖勸酒，低斟淺酌，竟不惜酡顏泛紅。那時狂歌熱舞，通宵不已，「舞低楊柳樓心月，歌盡桃花扇底風」，便指明是歡樂把夜給消磨了。這二句似乎比白居易的詩：「笙歌歸院落，燈火下樓臺」，更覺濃至。但這一切到底是「當年」的事了，如今楊柳樓邊月下的舞，桃花扇底風前的歌，都成為舊夢了。也惟因前闋極言當年的歡樂，才能在下闋襯出別後的相思之苦，和重逢後喜極而疑的心情。

下片「從別後，憶相逢」，已表示相思之深，「幾回魂夢與君同」，是說由於日日思念，魂牽夢縈，竟至多少回做夢，都和你歡聚在一起。因此，當「今宵」重逢，儘把明燈相照，還

恐怕這次相逢仍像以往那樣在夢中哩！寫驚喜儼然之情，入木三分，真是癡人癡語。

「今宵」二句，與戴叔倫「還作江南夢，翻疑夢裡逢」，司空曙「乍見翻疑夢，相悲各問年」有異曲同工之妙，是從杜甫「夜闌更秉燭，相對如夢寐」脫化而來的。有人以晏詞與工部這二句比較，作為討論詩詞分疆的例句，因此，下面附帶對詩詞分疆的問題，作一個概括的說明。

自來文詩詞曲，體制風格，各有不同之處，不可混淆，劉公㦸說：「『夜闌更秉燭，相對如夢寐』，叔原則云：『今宵賸把銀釭照，猶恐相逢是夢中』，此詩與詞之分疆也」，李東琪也說：「詩莊詞媚，其體原別」，這些說法，尚嫌籠統，我們再試以晏殊的〈浣溪沙〉詞，和他的〈示張寺丞王校勘〉詩來比較，或能更進一解：

一曲新詞酒一杯。去年天氣舊亭臺。夕陽西下幾時回？　無可奈何花落去，似曾相識燕歸來，小園香徑獨徘徊。（詞）

元巳清明假未開，小園幽徑獨徘徊。春寒不定斑斑雨，宿醉難禁灩灩杯。無可奈何花落去，似曾相識燕歸來。游梁賦客多風味，莫惜青錢選萬才。（詩）

我們仔細玩味無可奈何兩句，情致纏綿，音調諧婉，的確是詞中語，如果寫入詩篇，就未免軟弱了。當然，我們也不能過分泥定此說，蘇、辛的詞，未嘗柔而媚，溫、李的詩也未必莊而剛；所謂「詩莊詞媚」，只不過是一個概略的區別而已，如果硬要劃出鴻溝來，就顯得多餘了。

小山詞風度閒雅，自成一家，此闋尤覺餘味雋永，耐人咀嚼。晁補之說：「舞低楊柳樓心月，歌盡桃花扇底風，知此人不生於三家村者」（《侯鯖錄》），《苕溪漁隱叢話》譽為「詞情婉麗」，《白雨齋詞話》也說：「曲折深婉」，都是很有見地的批評。

阮郎歸

天邊金掌露成霜，雲隨雁字長。綠杯紅袖趁重陽，人情似故鄉。　蘭佩紫，菊簪黃，殷勤理舊狂。欲將沉醉換悲涼，清歌莫斷腸。

欣賞

小詞以平澹含蓄為佳，必須要語淡而情濃，事淺而言深，才算得到詞家三昧。因此在慢詞未興之前，小令作者無不致力於風格的提高及字句的變化，而小晏在這方面，最能得心應手。

這首〈阮郎歸〉詞，是作者自抒失意的感慨，沉鬱悲涼，似已突破蘭閨寄意，兒女情長

的藩籬了。全詞沒有一個生疏字，沒有一句詰屈語，但吟來卻又餘味無窮，動人心弦。

金掌，比喻仙人掌的承露盤。露成霜，出於《詩經・蒹葭》：「蒹葭蒼蒼，白露為霜」。首二句露霜雁字等辭，已暗點「秋」字，以引出下句「重陽」。綠杯紅袖，指綠酒和歌女。「綠杯」二句，是說在重陽佳節，斟酒聽歌，情味完全像故鄉一樣。然而細繹詞意，知道作者所居之地，究竟不是故鄉，這種權認他鄉作故鄉自慰心理，原也是無可奈何的啊！

紫蘭黃菊，雖是重陽的應景花卉，同時也用來比喻他自己孤高的性格。「殷勤理舊狂」，五字而有三層意思，「狂者，所謂一肚皮不合時宜，發見於外者也」（況周頤《蕙風詞話》），這種狂態是舊日就有的，如今竟又將它表現出來，並且也委曲的表現出來，可見作者之所以要這樣做，實在是不得已。「欲將沉醉換悲涼」，恰是上一句的注腳，時逢佳節，身羈異鄉，這種淒涼的心境，惟有借酩酊大醉來壓抑了。「清歌莫斷腸」五字，故意將悲傷的情懷，從反面寫出，雖說不斷腸，其實早已離腸寸斷了。這層言外之意，我們是必要再三咀嚼，才能品味出來的。《蕙風詞話》說：「清歌莫斷腸，仍含不盡之意。此詞沉著厚重，得此結句，得覺竟體空靈」，所論甚當。小山的詞，言近情濃，意深有致，像這種戛戛獨造的地方，豈是凡夫俗眼所能夢見的？

另外，在晏幾道的《小山詞》中，我們可以看出他對色彩的偏愛，句中尤其喜歡以紅、朱、紫來與綠、碧、翠等顏色字對稱使用，然而絲毫沒有俗氣，這是很難能可貴的。因為大紅大綠，色調太濃，通常都會顯得俗不可耐，一如妖童冶女，抹粉塗脂，僅可以悅人觀聽，卻難登大雅之堂，可是運用在小山的筆下，卻都能恰如其分，除了這首詞的「綠杯紅袖趁重陽」外，其他的像「綠酒細傾斟別恨，紅箋小寫問歸期」（〈浣溪沙〉），「朱絃曲怨愁春盡，綠酒盃寒記夜來」（〈鷓鴣天〉），「君貌不長紅，我鬢無重綠」（〈生查子〉），「雲隨碧玉歌聲轉，雲繞紅綃舞袖回」（〈鷓鴣天〉）等句，雖寫大紅大綠，可是除了華貴的氣象和沉鬱悲涼的氣氛外，並無俚俗浮淺的味道，不由人不佩服他寫作技巧的高明。

鷓鴣天

小令尊前見玉簫，銀燈一曲太妖嬈。歌中醉倒誰能恨，唱罷歸來酒未消。　春悄悄，夜迢迢，碧雲天共楚宮遙。夢魂慣得無拘檢，又踏楊花過謝橋。

欣　賞

晏幾道這首詞，似仍不脫那種流連歌酒的生活情態。上片寫筵前即景，玉簫銀燈，妖嬈一曲，醉倒歌中，歸來尚覺酒氣薰人哩。下片寫歸後情景，春悄夜長的良宵，雖已就寢入夢，但似乎餘興未盡，夢魂無拘無束，竟又踏著楊花，到謝家橋去了。這闋詞，沒有什麼深意，值得一提的，倒是最後兩句。

程叔徹說：「伊川聞誦晏叔原『夢魂慣得無拘檢，又踏楊花過謝橋』，笑曰：『鬼語』也，意也賞之」。小山這兩句，迷離幽深，真將夢魂寫成鬼魂了，使人覺得滿紙蕭森，有點鬼氣。

詩詞的意境，有仙品與鬼才的區別，自然這不一定是單指作品的光景像仙像鬼而言。粗略來說，凡情旨超脫，能摒除煙火氣的，都是仙品；意境奇特，變化詭譎的，則稱為鬼才。神工渾成，鬼斧精鐫，各有千秋，只要出於真性靈，都成佳構，學者於此，最多審辨渲澠，不必強分高下。所以程伊川雖說「夢魂」兩句是「鬼語」，但「意也賞之」，絲毫沒有貶抑的意思。

其實詞中除「鬼語」外，尚有豔語、雋語、奇語、豪語、苦語、癡語之分，如「香老春蕪，償盡迷樓花債」，這是豔語。「任老卻蘆花秋風不管」，這是雋語。「月輪桂老，撐破珠胎，柳鎖鶯魂」，這是奇語。「易水蕭蕭風冷，滿衣冠如雪」，這是豪語。至於「斷送一生憔悴，能消幾個黃昏」，則屬於苦語。「蟋蟀哥哥，倘後夜暗風淒雨，再休來小窗悲訴」，則是癡語了。但不管那一類，都要巧匠運刀，毫無痕跡，才能稱為妙手。

蝶戀花

醉別西樓醒不記，春夢秋雲，聚散真容易。斜月半窗還少睡，畫屏閒展吳山翠。衣上酒痕詩裡字，點點行行，總是淒涼意。紅燭自憐無好計，夜寒空替人垂淚。

欣賞

上片第一句，是說餘醉初解，對於當時西樓留別的情形，已經記不清楚了。這句看似平淡，其實卻蘊藏了無限傷感。「春夢秋雲」兩句，已見作者感慨，也正是引起傷感的原因。春夢短暫，秋雲易散，人生的離合聚散，何嘗不是如此呢？「斜月半窗還少睡，畫屏閒展吳山翠」，是寫作者失眠寂寞的況味。人惟有在極端寂寞時，才會注意到周遭的事物，如李義山詩：「高閣客竟去，小園花亂飛」，如果訪客不去，義山怎麼會留意到小園花飛呢？小山所表現的，也正是如此；斜月過檐，憑牕未睡，因此才會去看畫屏上展翠的吳山，寫一片寂寞無聊的心情，意在言外。

過片三句，是晏幾道膾炙人口的名句。衣上酒痕點點，詩篇字裡行間，處處充滿了淒涼的意味；明寫酒痕詩句，實際上卻是作者心情的流露。「紅燭自憐無好計，夜寒空替人垂淚」，是從杜牧「蠟燭有心還惜別，替人垂淚到天明」的詩句中，脫化出來的，都是人燭雙寫的手法。

「紅燭垂淚」，在修辭學中稱為「擬人法」，擬人乃是在情感高漲的情形下，將無情物視為有情物的方法，由於情的力量，而使死物化為生物，無生物表為有思想的活物，如杜甫詩：「顛狂柳絮隨風舞，輕薄桃花逐水流」（〈漫興〉），納蘭容若詞：「明月多情應笑我」（〈采桑子〉），其中柳絮顛狂，桃花輕薄，明月笑人，用的都是擬人的方法。這首詞的最後兩句，也是擬人：紅燭既然無計消愁，只好在寒夜替人垂淚了。寫紅燭垂淚，正也表示自己心中的淒涼，所以，物我之相雖未泯滅，可是物我之情早已契合了。

柳永詞欣賞

柳永，字耆卿，初名三變，福建崇安人。宋仁宗景祐元年進士，曾任屯田員外郎的小官，故世號柳屯田，平生精力萃於詞，有《樂章集》傳世。

柳永的一生，充滿了曲折艱難，坎坷不平。由於他行為不羈，喜作淫冶謳歌之曲，傳播四方，不幸又碰到「留意儒雅，務本向道」的宋仁宗，他那種浮豔虛華的詞，自然要遭深斥了，因此柳永之流落不遇，也是意料中事。據說早時柳永曾有〈鶴沖天〉詞云：「青春都一晌，忍把浮名，換了淺斟低唱」，到他去考進士時，時庭特別使他落第，說：「且去淺斟低唱，何要浮名」，從此他「奉旨填詞」，生活頹廢，流連倡樓妓院間，醉心酒香舞影，歌浪弦聲，窮愁潦倒，落魄終身，死時家無餘財，由相知的妓女們合資埋葬，情景悽慘極了。

耆卿在詞史上的最大貢獻，是促進了長調走向成熟的階段。他的詞音律諧婉，層層鋪敘，擺脫小令形式，使詞的精神面目，為之一變，其後少游、山谷，相繼有作，遂使慢詞大盛。

柳詞可以分為雅、俚兩類。雅詞抒情寫景，淒清高曠，妙處不減唐人。俚詞則通俗淺近，生動活潑，尤其能反映出下層市民的生活，同時，對於當時社會病態的心理與享樂的追求，透過親身的經驗，都有深刻的描寫，呈現著時代的寫實的社會色彩。但不論雅詞俚詞，都能情意纏綿，詞意妥帖，加上音樂性很強，因而在當時能得到「凡有井水飲處，即能歌柳詞」的雅譽了。

雨霖鈴

寒蟬淒切，對長亭晚，驟雨初歇。都門帳飲無緒，留戀處，蘭舟催發。執手相看淚眼，竟無語凝噎。念去去，千里煙波，暮靄沉沉楚天闊。　多情自古傷離別，更那堪，冷落清秋節！今宵酒醒何處？楊柳岸，曉風殘月。此去經年，應是良辰好景虛設。便縱有千種風情，更與何人說？

欣賞

前面說過，柳永在詞史上的地位，奠定在他所作長調的量與質上。柳永以前詞的形式，幾乎完全屬於小令，那種簡短狹窄的形式，是很難充實內容，卓然樹立的，因此長調應運而生，並且挽救了詞的危運。詞的領域擴大，氣象宏偉，也是長調興起以後的事，而柳屯田則正是這方面創始者，同時，也獲得了很高的成就，我們如摘錄幾則前人對於柳詞精當的批評，就知道所言屬實了：

耆卿鋪敘委宛，言近意遠，森秀幽澹之趣在骨。（周濟《介存齋論詞雜著》）

耆卿詞細密而妥溜，明白而家常，善於敘事，有過前人。（劉熙載《藝概》）

耆卿詞曲處能直，密處能疏，奡處能平；狀難狀之景，達難達之情，而出之以自然，自是北宋巨手。（馮煦《蒿菴論詞》）

所謂「鋪敘委宛」，「善於敘事」，都是長調的特色，也是柳永詞高明的地方。上舉〈雨霖鈴〉詞，即是長調的形式，在《樂章集》裡，這是一闋膾炙人口的代表作，因此，我們首先選錄，以便欣賞。

像其他的詞一樣，〈雨霖鈴〉，只是詞牌名之一，按《明皇雜錄》及《楊貴妃外傳》云：「帝幸蜀，初入斜谷，霖雨彌日，棧道中聞鈴聲，帝方悼念貴妃，樂其聲為雨霖鈴曲以寄恨」。本調恐怕始於此。

這首詞主要是以冷落的秋景作為襯托，來寫離別之情，兼而自憐身世的飄泊，感情十分真摯，吐語十分濃麗，達到了情景交融的境界，黃蓼園說：「送別詞清和朗暢，語不求奇，而意致綿密，自爾穩愜」可說是精確的批評。

開始以「寒蟬淒切」、「驟雨初歇」，來點明時節與氣候，澹澹幾句，已造成了秋別時撩人愁緒的氣氛。長亭，是給行人休息，送別的地方，古時驛路上，十里一長亭，五里一短亭。「晚」字，也是增加愁緒的時分。

「都門帳飲」，正式點出離別之所，可是儘管在京郊城外，設置帳幕，宴飲送行，流露出依依不捨的感情，然而蘭舟無情，已在催發，這是強烈的對比，無可奈何的惆悵。

底下安排「執手相看淚眼、竟無語凝噎」兩句，貫注上下，非常高明。上邊既無限依戀，所以「執手相看」，所以「無語凝噎」。下邊則懸想別後空虛，相逢無地，所以更是「無語凝噎」，也唯有執手相看，淚流滿面了。凝噎，是形容喉嚨裡像塞住了什麼，說不出話來。

「念去去」二句，為別後設想，煙波千里，沉沉暮靄，楚天遼闊，是說他日天涯海角，相隔的遙遠，同時寫出心緒的沉重。以景抒情，使真摯的情感，表現於言辭之外，所以特別富有感人的力量。

下片設景言情，仍與上片綰合，不過在情景上更顯得悽惻蕭索。試想多情之人，已不堪為離別所苦，更何況正值寒蟬淒切、驟雨初歇的冷落清秋？「今宵酒醒何處」，遙應「都門帳飲無緒」，並下二句「楊柳岸、曉風殘月」，以表達離人內心的落寞與淒慘。下面再作設想，說此番別去，不知那年才能相見，空有良辰美景，獨自消遣，益增寂寥，不也形同虛設嗎？心中縱有無限深情密意，又待與誰去說呢？別後光陰，敢怕只有以眼淚洗面了。上片「千里煙波」，已騁馳惜別之情，此處「千種風情」，而相期之願又賒，情深一往，餘味雋永，難怪李攀龍要稱讚這幾句是「善傳神」了。劉融齋也說：「詞有點染，耆卿〈雨霖鈴〉念去去三句，點出離別冷落，今宵二句，乃就上三句染之，點染之間，不得有他語相隔，否則警句亦成死灰矣」，細思此言，可悟詞家三昧。

這首詞的組織結構，非常嚴密，而又如水流花放，純出自然，泯滅了連接的痕跡，同時，運用白描的手法，刻劃離別，也是極其生動，比起他那些只塗寫生活外層的豔詞來，這類作品的內容，自然是較為充實，風格也較高了。

在這首詞中，「今宵酒醒何處」三句，景中有情，微妙耐思，不愧千古絕唱，古人早有定評，王世貞說：『「今宵酒醒何處？楊柳岸、曉風殘月」與秦少游『酒醒處，殘陽亂鴉』同一景事，而柳尤勝」。沈天羽也說：「唐詞簾外曉鶯殘月，至矣，宋人讓唐詩，而詞多不讓」。這些批評，都很中肯。因此對於那些隨意掇拾柳詞，訾為俗筆的人，我們當可以斥為囈說了。

望海潮

東南形勝、江吳都會，錢塘自古繁華。煙柳畫橋，風簾翠幕，參差十萬人家。雲樹繞堤沙，怒濤卷霜雪，天塹無涯。市列珠璣，戶盈羅綺競豪奢。重湖疊巘清嘉，有三秋桂子，十里荷花。羌管弄情，菱歌泛夜，嬉嬉釣叟蓮娃。千騎擁高牙，乘醉聽簫鼓，吟賞煙霞。異日圖將好景，歸去鳳池誇。

欣賞

〈望海潮〉亦為詞牌名之一，按《白香詞譜・題考》記載，望潮本為海中蟹屬，小如蟚蜎，殼白，海潮來時，舉螯如望，不失常期，因此俗名也叫招潮，見《山堂肆考》及《臨海異物志》。《蟹譜》：「蟹之類，隨潮解甲，更生新者，故字從『解』，又蟹名有望潮者，解甲之徵也」，可知本詞初為詠望潮而得名的。

在這裡要順便解釋一下詞牌的意義。所謂詞牌，即是詞調的各種名稱，蓋度曲時的宮調音節，古時都記載在譜上，以便於歌唱，猶如現在的歌譜，牌就是譜，所以叫做詞牌。後人選詞牌填詞，只是為了從其音調，詞牌字面的意思與詞的內容是不必有關係的。

柳永這首詞，在當時也是極負盛譽的，全詞概括了錢塘勝形，聖湖清景與杭州繁華，寫出南方都會的富庶與市民生活的富足豪奢，這也是柳詞的特色之一。

錢塘（今浙江杭州）位於錢塘江北岸，舊屬東吳，所以說江吳都會。宋仁宗詩：「池有湖山美，東南第一州」，形勝，謂形勢重要的地方。上片前三句言錢塘繁華，總領全詞，以下皆就「繁華」二字渲染。

「煙柳畫橋，風簾翠幕，參差十萬人家」，此寫城內萬家樓閣，都會氣象。「雲樹繞堤沙，怒濤卷霜雪，天塹無涯」，此寫城外，霜雪喻浪花之白，天塹原稱長江，《南史》載：長江天塹，古來限隔，虜軍豈能飛渡？這裡藉天塹無涯，來形容錢塘江勢的雄偉壯闊。據說錢塘秋潮獨大，遠觀數百里，若素練橫江，稍近見潮頭高數丈，每年吸引不少的仕女遠來觀賞，當地舟人漁子，常折濤觸浪，稱為迎潮。柳詞說「怒濤卷霜雪」，諒不為過。「市列珠璣，戶盈羅綺」，則刻意描寫當日都會的繁榮和浮濫，「競豪奢」三字，不唯是上二句的註腳，同時更直接地說出那時仕宦民間紙醉金迷的生活情形。

過片「重湖」句至「釣叟蓮娃」，寫西湖笙歌。北宋時，西湖已有外湖裡湖之別，故稱重湖，疊巘清嘉，是指群山清麗。加上荷豔桂香，妝點重湖，更使山水生色。還有那日夜洋溢著的笛管和菱舟清歌，老翁垂釣的悠然，少女採蓮的歡悅，都助長了這種平和的氣氛。

以下五句，歸結作意。這首詞據說是柳永寫給孫何的，孫何當時任兩浙轉運使，駐節杭州。「千騎擁高牙」五句，是說孫何現在知杭州，「醉聽簫鼓，吟賞煙霞」，他日須畫西湖勝景，北上汴京後，也可以向朝廷的同僚們誇述一番了。雖寫孫何，另方面也點襯出錢塘風景的幽

美。鳳池，即禁苑中池沼，中書省所在地，杜甫詩：「會送夔龍集鳳池」，這裡用來指朝廷。

全詞屬句典麗，層次分明，將西湖風光，寫得旖旎無比，詞中「三秋桂子，十里荷花」，尤其是騰喧眾口的名句，據《錢塘遺事》說：「耆卿作〈望海潮〉（詠錢塘）詞，有三秋桂子、十里荷花之句。此詞流播，金主亮聞之，欣然起投鞭渡江之志」，不管這段記載確不確實，至少我們可領略到柳詞鋪敘形容的工夫了。

最後談談本調的作法。本調凡一百零七字，首次兩句「東南形勝、江吳都會」為四字對句，不用韻，「東」、「都」兩字，平仄不拘。第三句「錢塘自古繁華」，六字起韻，第一字與第三字，可平可仄。第四五句「煙柳畫橋，風簾翠幕」，也是四字對句，上句為平仄仄平，第一字不拘，下句平平仄仄，不能變易。第六句「參差十萬人家」，六字叶韻，句法與第三句相同。第七句「雲樹繞堤沙」五字，句式與五言詩仄起平收（早雁拂金河）句同。第八第九句「怒濤卷霜雪，天塹無涯」，也即上五下四之九字句，上句應作上一下四句法，如折元禮〈望海潮〉詞，這句是「看陣雲截岸」，秦觀則是「正絮翻蝶舞」，都作上一下四，而柳詞與此不類，因此有人懷疑耆卿原句恐係「卷怒濤霜雪」而訛傳，其實按詞律的說法，兩句句法雖然不同，是可以通用的。「怒濤」兩句，句式為仄平平仄仄，仄仄平平，其中「濤」、「霜」、「天」三字，俱可平可仄。第十句「市列珠璣」四字，不用韻，第一字可仄。末句「戶盈羅綺競豪奢」七字叶韻，作仄平平仄仄平平，是定格，與尋常七言句不同。

過片「重湖疊巘清嘉」六字，與前闋第三第六句均同，只是平仄不能換動。次為上五下四之九字句「有三秋桂子，十里荷花」，與前第八九句同。以下句法，全同前闋，惟末句「異日圖將好景，歸去鳳池誇」十一字，上六下五，與上片七字句相異，而第一字可用平聲。以下再錄秦少游〈望海潮〉詞，標定平仄，以資參考。（案：白圈表平，黑圈表仄。雙圈表可仄可平，又詞中開始用韻處曰韻，與上用之韻同屬一部者曰叶）

望海潮

秦峰蒼翠句耶溪瀟灑句千巖萬壑爭流韻鴛瓦雉城句譙門畫戟句蓬萊燕閣三休叶天際識歸舟叶汎五湖煙月句西子同遊叶茂草荒臺句苧蘿村冷起閒愁叶　何人覽古凝眸叶悵朱顏易失句翠被難留叶梅市舊書句蘭亭古墨句依稀風韻生秋叶狂客鑑湖頭叶有百年臺沼句終日夷猶叶最好金龜換酒句相與醉滄洲叶

八聲甘州

對瀟瀟暮雨灑江天，一番洗清秋。漸霜風淒緊，關河冷落，殘照當樓。是處紅衰翠減，苒苒物華休。惟有長江水，無語東流。　不忍登高臨遠，望故鄉渺邈，歸思難收。嘆年來蹤跡，何事苦淹留？想佳人、妝樓凝望，誤幾回、天際識歸舟？爭知我、倚闌干處，正恁凝愁？

欣賞

柳詞遭後人所詬病的只是那一部分庸俗的，猥褻的作品，而他的長處，乃是善寫別情，善於捕捉冷落的秋景，以點綴離情別意，所以有人說，寫「羈旅行役」是柳屯田最大的本領，我們看這首〈八聲甘州〉詞，便是一個例子。

這首詞上片摹寫秋景。江天清秋，經過瀟瀟暮雨的洗滌，已顯出淒涼冷清的情味，下面緊接著「漸霜風淒緊，關河冷落，殘照當樓」三句，使淒苦之情一變而為蒼涼之情。「關河冷落，殘照當樓」，與李太白〈憶秦娥〉的「西風殘照，漢家陵闕」比較，氣勢稍有不逮，但也含蓄深遠，自成名句，所以蘇軾說此二句「不減唐人妙處」。「是處」句以下，再作渲染，烘托氣氛，說此處花木凋零，物華漸休，而不隨紅衰翠減，人事變異的，只有萬古不息的長江啊！

上片摹景，已是慘霧愁雲，下片轉筆入情，自然無限傷感。「不忍登高臨遠」三句，承上得意，因為故鄉遙遠，歸返無期，如果「登高臨遠」，只恐「歸思」會像江水般不可收拾。以下一嘆一問，跌宕生姿，自謂久留他鄉，遙想佳人，定在憑樓凝望，「誤幾回、天際識歸舟」，是對佳人憑樓凝望的具體描寫，而自己又何嘗不倚闌相思，愁結不解？兩相對照，一片深情。實則對妝樓佳人的設想，也正是從自己的愁緒引出，寫佳人的愁，恰是寫自己的愁，所以更顯得纏綿淒惻了。當然，這都是因他飽嘗了遊宦羈旅的況味的緣故，否則又怎能有這種蘊藉悲涼的作品呢？

蘇軾詞欣賞

北宋前期的詞，不論晏殊、歐陽修、柳永或其他詞人，也不論雅詞或俚詞，都沒有突破「詞為豔科」的藩籬，風格始終是柔靡纖弱，內容仍不免依循感時傷情，相思哀怨的舊蹊，蘇軾承應著這種機運，但卻能一洗綺羅香澤之態，擺脫綢繆宛轉之度，逸懷浩氣，超然塵垢之外，打破了詞的狹隘的傳統觀念，而開闢了一個新的境界。

蘇軾，字子瞻，自號東坡居士，北宋眉山（今四川眉山）人。自幼聰慧，以文章知名，二十一歲就舉進士，早年因反對新法，與王荊公政見不合，屢遭厄運，哲宗時，舊黨掌權，召還為翰林學士，除兵部尚書，晚年，新派再得勢，他竟以文字獲罪，遠貶海南，病死常州。

蘇軾一生，都沉浮於新舊黨的鬥爭中，始終未能施展自己的抱負。然而，儘管他一生中幾次遷升，又幾次貶謫，但他的生活態度，依然豪邁樂觀，優遊自如，山水之佳趣，詩酒之酣樂，禪機之參悟，都是他精神上的調劑，使他在詞中形成那種豪放不羈的作風。

蘇軾既已把縱橫奇逸的筆力，海天風雨的氣勢，一掃晚唐五代以來流豔巧惻的詞風，開創前所未有的高遠境界，同時也影響南宋辛棄疾一派的形成，因此我們讀他的《東坡樂府》，可以發現如下的幾個特點：

一、詞的詩化：所謂「詩莊詞媚」，幾乎是一般詞家所默認的詩詞的界說，但東坡的詞，卻能不循恆蹊，自闢新境，以清新雅正的字句，豪邁奔放的氣勢，形成了他詩化的詞風，使詞的句法與語氣，都變成了詩的面貌，形成了詞壇嶄新的氣象。

二、詞境的擴大：五代至宋初的詞，範圍極狹，即使成就較高的，也不過作到了細膩與哀怨而已。詞至東坡，領域始大，無論弔古傷時，悼亡送別，或是說理詠史，田園山水，一入筆下，皆能有血有肉，融合渾成，這是他最高明的地方。

三、詞與音樂的分離：詞原為音樂而產生，必須協律，才能成為可唱的曲，但蘇軾的詞，「往往不協音律」（李清照〈詞論〉），拗折天下人的嗓子，可是他未必完全廢棄音樂，僅是不重視詞的音樂性而已，因為他是為文學而作詞。陸游說：「世言東坡不能歌，故所作樂府詞多不協。晁以道謂紹聖初與東坡別於汴上，東坡酒酣，自歌古陽關，則公非不能歌，但豪放不喜剪裁以就聲律耳。」真是知言之論。

下面我們選錄東坡樂府中的兩首名作來欣賞：

水調歌頭

丙辰中秋，歡飲達旦，大醉，作此篇，兼懷子由。

明月幾時有？把酒問青天，不知天上宮闕，今夕是何年？我欲乘風歸去，惟恐瓊樓玉宇，高處不勝寒。起舞弄清影，何似在人間？ 轉朱閣，低綺戶，照無眠。不應有恨，何事長向別時圓？人有悲歡離合，月有陰晴圓缺，此事古難全。但願人長久，千里共嬋娟。

欣賞

〈水調歌頭〉是蘇東坡的一首傑出作品，在文學上極負盛譽，胡仔《苕溪漁隱叢話》說：「中秋詞自東坡〈水調歌頭〉一出，餘詞盡廢。」我們如欣賞過東坡這首詞，就知道胡氏的批評是很中肯的。

這首詞是東坡在中秋夜懷念他弟弟子由而作的，先寫中秋的寂寞，繼寫人間的失意，最後安於現實，襟懷超逸，由景生情，由虛入實，其間章法昭彰，反映出作者矛盾心理的轉化過程。

「明月幾時有？把酒問青天」是從李白詩：「青天有月來幾時，我今停杯一問之」中脫化而來，不過以五言表現，更覺縮銀得法。「不知天上宮闕，今夕是何年？」與上面把酒問月兩句，同是癡問，同時也把不滿現狀和懷疑人生的意識，作了最深刻而又最含蓄的敘述。「我欲乘風歸去」三句，是幻想能脫離俗塵，到廣寒宮去，但又害怕天上宮闕淒清寒冷，不耐久居，在字裡行間，反映出作者超世思想與現實生活在潛意識中衝突，並且，顯然的，作者肯定了現實人生的意義，而抹掉了虛無的空中樓閣，「起舞弄清影，何似在人間」二句，就是最好的註腳。

上片轉折甚佳，看似尋常寫景，卻又道盡作者心理狀態，情景交融，所以高妙。其中「我欲乘風歸去，惟恐瓊樓玉宇，高處不勝寒」三句，尤覺空靈蘊藉，當時詞手，多效此格，如黃庭堅「我欲穿花尋路，直入白雲深處，浩氣展虹蜺，祇恐花深裡，紅露濕人衣」，也只能粗具面貌，終難追其逸步。

過片三句，寫作者望月不眠的情形，月亮轉過紅樓，低低的照進雕花的門牕裡去，照著失眠的人。「轉朱閣，低綺戶」，說明月亮轉移的時間歷程，也暗示出離人望月興愁，不能成寐的情懷。以下又是一句癡問：「不應有恨，何事長向別時圓？」明月無情，不知有恨，為什麼老是趁著人們孤獨、離別的時候團圓呢？與上片把酒問天，今夕何年，同是深情繾綣的句子。但是作者瞭解，人生不可能至善至美，離合聚散，正如明月的盈虛消長，原也是永遠不易的道理，這事自古以來就難以成全，也無可避免，於是只好以「但願人長久，千里共嬋娟」來表示慰藉，採取自得其樂的生活態度了。

嬋娟，原是泛喻人物的美好，唐孟郊詩有〈嬋娟〉篇：「花嬋娟，泛春泉。竹嬋娟，籠曉煙。妓嬋娟，不長妍。月嬋娟，真可憐。」在東坡這首詞中，嬋娟則是借稱明月。兩句取自謝莊〈月賦〉：「隔千里兮共明月」。月的雅稱，除嬋娟外，尚有許多，茲選擇常見的十數種，列舉於後，以備參考：（註見《辭源》）

蟾兔：俗謂月中黑影為蟾兔，故相沿為月之代名詞。古詩「三五明月滿，四五蟾兔缺」。

玉盤：謂月也。李白詩「小時不識月，呼作白玉盤」。

桂魄：月也。王維詩「桂魄初生秋露微」。

蟾宮：謂月也。袁郊〈月〉詩「嫦娥竊藥出人間，藏在蟾宮不肯還」。

金娥：謂月也。許敬宗〈喜雪〉詩「凝照混金娥」。李白〈明堂賦〉「金娥納月於璇題」。

銀兔：指月。隋煬帝詩「清露冷浸銀兔影」。

玉輪：謂月也。元稹詩「黃道玉輪巍」。

蟾蜍：《後漢書》註「羿請不死之藥於西王母，姮娥竊之以奔月，是為蟾蜍」。後因謂月為蟾蜍。

銀蟾：謂月也。李思中詩「銀蟾飛出海東頭」。

金輪：指月言。趙鼎詞「誰喚金輪湧海，不帶一浮雲」。

廣寒宮：唐明皇與申天師鴻都客，八月望日夜，同遊月中，見牓曰廣寒清虛之府，事見《龍城錄》。胡宿詩「杯酒易消殘夢斷，卻疑身在廣寒宮」。

其他像圓蟾、瑤蟾、桂輪、金魄、玉蟾、素娥、桂殿、寒鏡、皓魄、冰輪、冰蟾、霜輪、水晶盤、瑤臺鏡等，也都是古代騷人墨客在詩詞歌賦中，所賦予月亮的美麗雅號，我們如果肯再去細心蒐集，相信還不止此哩！

最後，我們來談談蘇東坡這首〈水調歌頭〉詞的脈注問題。

詞與詩文一樣，不明條貫，則雜亂而無章，絕不是一首佳作。欣賞的人，也首貴求其旨意，次必尋其脈絡，然後才可以探驪得珠。劉勰在《文心雕龍》中說得很有道理：「夫裁文匠筆，篇有大小，離章合句，調有緩急；隨變適會，莫見定準。句句數字，待相接以為用；章總一義，須意窮而成體。其控引情理，送迎際會，譬舞容迴環，而有綴兆之位；歌聲靡曼，而有抗墜之節也。尋詩人擬喻，雖斷章取義，然章句在篇，如繭之抽緒，原始要終，體必鱗次。啟行之辭，逆萌中篇之意；絕筆之言，追勝前句之旨，故能外文綺交，內義脈注，跗萼相銜，首尾一體。若辭失其朋，則羈旅而無友；事乖其次，則飄寓而不安。是以搜句忌於巔倒，裁章貴於順序，斯固情趣之指歸，文筆之同致也」。雖論章句的體用，其實也是賞鑑的妙訣。

因此，行文的脈注，貴能一貫，明者形諸字面，自易領略。暗者如山之隱脈，水之暗流，細審鉤元，也必能感覺詞氣的貫串。如白居易的〈琵琶行〉，前述聞曲興懷，滿座掩泣，收句說：「座中泣下誰最多，江州司馬青衫濕。」歐陽修作〈醉翁亭記〉，寫泉寫亭，寫太守醉醒，寫四時寫朝暮，寫遊人酣樂，最後說：「醉能同其樂，醒能述以文者，太守也，太守謂誰？廬陵歐陽修也。」都是葉落歸根，脈注一貫的手法。東坡的〈水調歌頭〉，也有這層工夫。

蘇詞全首以「月」作綰轂，而敷辭為輻湊，上片首句用一「月」字（明月幾時有），下片將煞尾時，又用一「月」字（月有陰晴圓缺），且通篇無一處與月字無干涉，「天上宮闕」、「瓊樓玉宇」、「乘風歸去」，都從月宮設想。「弄清影」，是指月下弄影。「轉朱閣，低綺戶，照無眠」，是寫明月的運行照臨。「長向別時圓」，指中秋月圓。落句但願千里所共者，也是嬋娟的明月。全詞跌宕生姿，貫串有章，加上纏綿惋惻之思，愈轉愈曲，愈曲愈深，難怪胡元任有「餘詞盡廢」的好評了。

念奴嬌 赤壁懷古

大江東去，浪淘盡千古風流人物。故壘西邊，人道是三國周郎赤壁。
亂石崩雲、驚濤裂岸，捲起千堆雪。江山如畫，一時多少豪傑。 遙想公瑾當年，小喬初嫁了。雄姿英發，羽扇綸巾，談笑間，檣艣灰飛煙滅。故國神遊，多情應笑我，早生華髮。人間如夢，一樽還酹江月。

欣賞

東坡於元豐五年七月遊黃岡赤壁，作〈赤壁賦〉，十月又遊赤壁，作〈後赤壁賦〉，此詞大約為同時作品。（按：黃州赤壁並非三國大戰的赤壁，東坡不過託題抒懷而已，其實他也未確認黃州赤壁即周郎破曹處，觀《東坡雜記》及本詞用「人道是」三字可知。）

這首詞完全表露出他的逸懷豪氣，頗有橫槊氣概，英雄本色。王元美說：「學士此詞，感慨雄壯，果令銅將軍于大江奏之，必能使江波鼎沸」，雖是戲語，也還中肯。而這首詞的最大特點，就是詞中有作者自己，即所謂「人格與學問的結晶」。蘇軾以前的詞，在藝術上雖有工拙優劣之辨，但由於內容、語氣以及表現的情調，大同小異，因此作者和作品的個性，都極不分明。而蘇詞則有他自己的語調和句法，有他自己的生活和感情，於是分明的呈現出作品的個性了，蘇軾所以能把詞境擴大提高，全在於此。

上闋寫赤壁的景色，「大江」二句，說東流的長江，波浪沖洗了多少年代傑出的英雄人物。「故壘西邊」兩句，點明題旨，說古老堡壘的西邊，人家說是三國時代周郎一戰成名的赤壁。

周郎指周瑜，字公瑾，少年英俊，知兵善戰。漢建安十三年，曹操率軍南征。周瑜拒於赤壁，縱火焚燒曹軍船艦營寨，大破操兵，周瑜因此得名，赤壁也以周瑜得名。「亂石崩雲、驚濤裂岸，捲起千堆雪」，寫赤壁陡峭不平的石壁，與裂岸捲雪的浪花，乍看只是形勢的描寫，其實暗寓江山無恙，人物全非的感慨。「江山如畫」，是對以上形勝的概括，並由此引起歷史上「多少豪傑」的想像來。

過片「遙想」承上意而來，也是以下全部想像的提示。從「小喬初嫁」公瑾，到「檣艣灰飛煙滅」，明寫周郎戰績，實為自己而發，周郎是賓，自己是主，借賓定主，寓主於賓，細想可見東坡渴望為國家建立事業的心理。「小喬」是漢太尉喬玄的次女，與姊大喬，均為國色，世稱二喬。大喬適孫策，小喬嫁周瑜，唐杜牧詩：「東風不與周郎便，銅雀春深鎖二喬」，也是藉大小喬詠赤壁事。「雄姿英發」，則是形容周瑜英秀卓越的氣概。

「故國神遊」以下，由周郎歸結到自己，公瑾當年，雄姿英發，東坡此日，華髮早生，這是隨著事業無成的一種無可奈何的嘆息，所以他說：人生像夢一樣，還是斟一杯清酒，祭奠江中的明月吧！「人間如夢」兩句，回應起二句「大江東去，浪淘盡千古風流人物」，淋漓悲壯，無限淒涼，真是千古絕唱。

這首詞的內容分為三個部分，首寫赤壁的雄奇形勝，次述公瑾戰績，兼喻己懷，最後是作者的感嘆。其間用「遙想」和「故國神遊」兩句，分別聯繫前後部分，妙合無垠，很自然地串成一片。同時，詞中用字重出，全詞計有三個江字，三個人字，兩個國字，兩個生字，兩個故字，兩個如字，兩個千字，但讀時只覺語氣高妙，不覺字重，這是因為蘇詞才大如海，境界高騫，根本不為尋常藩籬所囿的緣故。

另外，蘇軾的詞，常能做到雄偉奔放，鬚眉畢現，並且融合了作者的個性，任何人讀了也要感到酣暢生動，大江東去詞就是一例。懷古的詞，花間詞人也有，如歐陽炯的〈江城子〉：

晚日金陵岸草平。落霞明，水無情，六代豪華，暗逐逝波聲。惟有姑蘇臺畔月，如西子鏡，照江城。

當然也意境高渾，但總覺超妙有餘，切實不足，全是客觀的、想像的描寫，與蘇詞比較，就不免有斷蛇剖瓜之譏了。

秦觀詞欣賞

秦觀，字少游，一字太虛，宋揚州高郵縣人，著有《淮海居士長短句》，存詞八十餘首，為世所推重。

淮海詞多抒寫自己身世坎坷的悲哀，去國離鄉的愁緒，以及逝水年華的幽怨，詞風淒惋，有歐陽修、晏幾道婉約含蓄的情調，同時又具有蘇軾的飄逸沉鬱，所以能一洗俗淺柔弱之弊。

少游在當代詞壇，有很高的聲譽，蔡伯世說：「子瞻（蘇軾）辭勝乎情，耆卿（柳永）情勝乎辭，辭情相稱者，惟少游而已。」陳師道說：「今代詞手，唯秦七（少游）黃九（山谷）耳，餘人不逮。」劉融齋也說：「少游詞有小晏之妍，其幽趣則過之。」又說：「少游詞少《花間》《尊前》遺韻，卻能自得清新。」都能道出秦詞勝處，同時，也可以看出他在宋代詞壇中的地位。

秦觀的詞，風骨自高，如紅梅著花，能以韻勝，詞淺意深，如幽花媚春，自成馨逸。加上音節鏗鏘，韻味妍麗，在流暢的音律中，別有一股幽怨，故能為雅俗所共賞，如〈江城子〉詞就是範例：

西城楊柳弄春柔。動離憂，淚難收，猶記多情，曾為繫歸舟。碧野朱橋當日事，人不見，水空流。　韶華不為少年留，恨悠悠，幾時休？風絮落花時候一登樓。便作春江都是淚，流不盡，許多愁。

再如他的〈南歌子〉（題為「贈陶心兒」）：

玉漏迢迢盡，銀潢淡淡橫。夢回宿酒未全醒，已被鄰雞催起，怕天明。　臂上妝猶在，襟間淚尚盈，水邊燈火漸人行。天外一鉤殘月，帶三星。

末句「一鉤殘月帶三星」，是把心字拆開，語特雋妙。全篇輕盈蘊藉，倘與柳永「無分得與你恣情濃睡」（〈殢人嬌〉）相較，就愈顯得有雅俗之別了。

下面我們再舉幾首淮海詞的代表作來欣賞：

滿庭芳

山抹微雲，天黏衰草，畫角聲斷譙門。暫停征棹，聊共飲離尊。多少蓬萊舊事，空回首，煙靄紛紛。斜陽外，寒鴉數點，流水遶孤村。　銷魂，當此際，香囊暗解，羅帶輕分。漫贏得青樓，薄倖名存。此去何時見也？襟袖上、空染啼痕。傷情處，高城望斷，燈火已黃昏。

欣賞

這首詞是《淮海集》中的名作，是作者為追思一個他所喜愛的人而作的。據胡仔《苕溪漁隱叢話》引《藝苑雌黃》說：「程公闢守會稽，少游客焉，館之蓬萊閣，一日席上有所悅，自爾眷眷不能忘情，因賦長短句，所謂多少蓬萊舊事，空回首，煙靄紛紛也。」這首詞的內容，與《藝苑雌黃》所記載的本事相符合，應該可以肯定是秦觀為他所眷戀的一個歌妓而作的。

上闋首兩句「山抹微雲，天黏衰草」，鍊在抹字黏字。青山白雲間，著一「抹」字，長天與衰草間，著一「黏」字，渲染出一種蒼茫寂寥的氣氛，勾勒出郊原遙遠的野色，摹寫遠景，非常細膩。

兩句之中，「黏」字鍛鍊尤工，且有出處，如：

浪勢黏天（庾闡）

草色黏天鶗鴂恨（張祐）

玉關芳草黏天碧（趙文鼎）

暮煙細草黏天遠（劉叔安）

都用過黏字，信手拈來，不遑枚舉。有人認為「黏」應作「連」，是不妥的，因為連字思淺意俗，人人皆可到，遠不及黏字有思致。

「畫角聲斷譙門」，是寫較近的地方。譙門又稱譙樓，就是普通的城門，不過上面有瞭望的崗樓。「畫角聲斷」，是說城上的號角已經吹過，表示時間已晚，更增加了野外寂寧的氣氛，使人產生了滿懷的愁緒。

接著，作者由景生情，回思「多少蓬萊舊事」，徒然自惘。蓬萊指會稽之蓬萊閣，舊址在今紹興龍山下，多少舊事，即上舉《藝苑雌黃》所引的故事，而今「空回首」，不見伊人倩影，只見斜陽寒鴉，流水孤村而已。他把一懷離愁別緒，都付與眼前的蕭瑟景色，情意悱惻纏綿，韻味無盡。「斜陽外」三句，本隋煬帝詩：「寒鴉千萬點，流水遶孤村」，語雖蹈襲，然入詞也是當家。

下片細膩地描寫當時離別的情景，「銷魂，當此際」二句，刻劃動態，有依依不捨的情意。「香囊暗解，羅帶輕分」，是從當時行為上回憶，上句說暗地裡解下香囊作為臨別的紀念品，下句則因古人以結帶象徵相愛，因此藉羅帶輕分表示離別。「漫贏得青樓，薄倖名存」，本杜牧〈遣懷〉詩：「十年一覺揚州夢，贏得青樓薄倖名」，漫，空也。薄倖，即薄情。

「此去何時見也」二句，寫別離的感傷下淚，是從感情形式上回憶，與「銷魂」四句相呼應。最後點染出佇立傷情的地方。雖然佳人已去，作者猶望到「萬家燈火鬧黃昏」的時分，一片癡情，無限傷感。此句與上闋「斜陽外」三句合看，正顯出時間的推移，脈絡貫串，章法不亂。

這首詞雖然是一首情歌，難得的是它感情的濃摯，表現內心生活的曲折。周濟《宋四家詞選》說：「將身世之感，打並入豔情，又是一法」，是不錯的。另外，作者利用秋晚蕭條的景象，來渲染和襯托離情別緒，尤見出色，吳曾《能改齋漫錄》引晁補之的話說：「近世以來，作者皆不及秦少游，如『斜陽外，寒鴉數點，流水遶孤村』，雖不識字，亦知是天生好言語」，也是知言之論。

鵲橋仙

纖雲弄巧、飛星傳恨，銀漢迢迢暗渡。金風玉露一相逢，便勝卻人間無數。

柔情似水，佳期如夢，忍顧鵲橋歸路。兩情若是久長時，又豈在朝朝暮暮。

欣賞

這首詞《草堂詩餘》題作「七夕」，是藉著牛郎織女的故事，來抒寫自己離長別久的相憶之情，纏綿婉轉，動人心弦。

宗懍《荊楚歲時記》載：「七月七日，為牛郎織女聚會之夜」，《風俗記》說：「每年七月七日，織女渡過天河與牛郎相會，以鵲為橋」。這是一個民間悲劇性的美麗傳說，自來詩人，都為此事感到不平，時常吟詩寄意，但是大半作品，只能蹈襲舊意，不能翻新，唯有秦觀此闋〈鵲橋仙〉，能不循恆蹊，自立機杼，這是他難能可貴的地方。

上片第一、二句，虛寫雙星相會前的情態；片片彩雲翻奇弄巧，雙星流露出終年不見的別恨。「銀漢迢迢暗渡」，是實寫，說牛郎織女星在黑夜裡渡過遼闊的天河相會。

三四兩句，忽變情景為議論，手法特殊，本來詞夾議論，易入枯窘，可是一經少游筆下，卻又蘊藉婉約，不著痕跡。我們知道，雙星雖然每年七夕才能一見，但也「勝卻人間無數」，因為在世間，或為天塹所限，或因死別生離，而頻年（或終生）不得一見者大有人在，縱夢想一年一聚，也不可得啊！是相慰的話，也是委婉的怨訴，平澹中有深情，剎那中顯永恆，真是高手。

下片「柔情似水」，寫兩情之綢繆。「佳期如夢」，寫時間的匆促。「忍顧鵲橋歸路」，是說怎麼忍心回顧那條從鵲橋回去的道路？「忍」，是不忍的意思。

末兩句：「兩情若是久長時，又豈在朝朝暮暮」，探盡心中隱痛，故作曠達之詞，安慰雙星，同時也給天下有真情者無限的慰藉。事實上也是如此，深情銘心者，又何須日夕相處？而朝暮廝守者，又真能海枯石爛，兩情不渝？雖是議論，卻饒至理，不愧為《淮海集》中的名句。

總之，在通俗的民間故事裡，要推陳出新，是很困難的，而秦觀這首〈鵲橋仙〉，卻能不拾牙慧，自出機杼。看他句句寫天上，其實句句在說人間，看他句句寫牛郎織女，其實句句在抒自己情懷。「兩情」句更是自拓新境，用以讚頌歷久不渝的感情，因此《蓼園詞選》要譽這兩句是「化腐朽為神奇」了。

踏莎行　郴州旅舍

霧失樓臺，月迷津渡，桃源望斷無尋處。可堪孤館閉春寒，杜鵑聲裡斜陽暮。　驛寄梅花，魚傳尺素，砌成此恨無重數。郴江幸自遶郴山，為誰流下瀟湘去？

欣賞

這首詞作於宋哲宗紹聖三年，秦觀時因蘇軾黨，遷謫郴州（今湖南郴縣），詞中傾吐心中失望之情，婉轉細膩。東坡最愛這首〈踏莎行〉，曾自書於扇頭，時時吟誦，少游死後，他嘆息說：「少游已矣，雖萬人何贖？」東坡才氣縱橫，目無餘子，卻對秦觀推崇備至，可見這首詞的高妙了。

「霧失樓臺，月迷津渡，桃源望斷無尋處」，寫春夜迷濛的情調，而引起作者的悵觸。樓臺被濃霧吞沒了，月色朦朧，迷失了津渡，望盡天涯，理想的桃花源竟也無處可尋，第三句寫出自己的失望與苦悶的情緒。

「可堪孤館閉春寒，杜鵑聲裡斜陽暮」，是膾炙人口的名句。可堪，是怎能忍受的意思。試想作者獨居空館，料峭春寒，鎖住了孤寂的屋舍，在傍晚的陽光裡，聽杜鵑叫「不如歸去」，這是多麼令人難耐的寂寞生活？只尋常景色，卻流露無限淒清。

過片三句，寫去國離鄉的愁恨。「驛寄梅花」，指遠方友人，折梅相贈，聊作慰藉，但也平添無限離愁。此句引用陸凱贈范曄的詩：「折梅逢驛使，寄與隴頭人，江南無所有，聊贈一枝春。」魚傳尺素，出於古樂府〈飲馬長城窟行〉：「客從遠方來，遺我雙鯉魚，呼兒烹鯉魚，中有尺素書」，尺素謂書札，也是恨的根源，所以下句說：這些都足以砌成我層層疊疊的無窮離恨。

最後兩句「郴江幸自遶郴山，為誰流下瀟湘去？」是說郴江本來是應該縈迴著郴山的，為什麼還要流到瀟湘去呢？可見郴江也不耐山城的寂寞啊！寓情於景，曲一層說，雅見思致。

這首詞最引人議論的是「可堪孤館閉春寒，杜鵑聲裡斜陽暮」兩句，黃山谷曾說：「此詞高絕，但既云斜陽又云暮，則重出」，其實論詞不必如此拘泥章句，《西清詩話》、《苕溪漁隱叢話》都有辨正，如謝莊詩：「夕天際晚氣，輕露澄暮陰」，一聯之中，竟三見晚意。梁元帝詩：「斜景落高舂」，既言斜景，復言高舂。豈不為贅？其他像蘇軾：「回首斜陽暮」，周美成：「雁背斜陽紅欲暮」，都不礙其為名句。其實，斜陽為日斜時，暮為日入時，並不重複，我們只要瞭解「暮」字的意思，就不致生此轇輵了。

賀鑄詞欣賞

試問閒愁都幾許？一川煙草，滿城風絮，梅子黃時雨。

——賀鑄〈青玉案〉

小時候就常聽先學們稱道賀鑄這段名句，那時心智尚幼，自然不解其佳妙處。到年長之後，對詞略有涉獵，再重讀賀鑄這闋〈青玉案〉，才深深瞭解到它的意味。

這幾句詞可用幾個字來說它：「深識愁滋味」。常人每將一個愁字掛在嘴邊，堆在心中。但真要他說出愁的滋味，就無從說起了。而賀鑄卻以短短的十數個字，三種常見的景況，把一懷愁緒都包融進去，這可說是情景交融之筆。

我們試觀這幾句詞，先是設下一問，而續筆不從正面直說，只淡淡道出三種細碎紛亂的景致，蓄而不吐。但不言愁多少，愁卻有千頭萬緒了。若直接肯定地道出，便無深味，這種以景作結的手法，最能收到含蓄的效果。前人將它歸為作詩填詞的一大法門。沈義父《樂府指迷》云：「結句須要放開，含有餘不盡之意。以景結情最好，如清真之『斷腸院落，一簾風絮』，又『掩重關，偏城鐘鼓』之類是也。」這種說法很值得初學者揣摩。但在此我另要補

充一點；就是「以景結情」之筆須注意所言之景恰能包孕情感，由西洋美學「移情作用」來說，當吾人在凝神觀照時，常不知不覺會進入「物我同一」之境，比如「感時花濺淚」之句，以感慨時局的悲慘心境去看花，便覺連花都掉淚了。因此在文學家筆下所道出的一景一物，都不是科學上的死東西，它已經過作者情感的移注，所以其顯現的景象都能恰如當時的心境。一個正在憂悶的人很少會去注意繁鬧的情境，而一個興奮的人也很少會對淒涼的景象作何感受。根據以上的說法，則以景結情的手法應當特別注意情景相切，最後達到水乳交融的渾化境界，否則，風牛馬不相及，便成浮濫之筆了。

賀鑄這幾句詞的好處便在一個渾字，渾便自然無跡，不顯造作之態。所以渾成之句，你只知它好，至於如何好法，便很難具體道出了。它不同於那種奇巧新異之句。清朝孫麟趾《詞逕》云：「何謂渾？如『西風殘照，漢家陵闕』皆以渾厚見長者也。詞至渾，功候十分矣。」李白的「西風殘照，漢家陵闕」是渾，張先的「雲破月來花弄影」便是巧了。渾句以氣象取勝，它整個句子很均衡，沒有奇巧之字，給讀者是一種平衡、自然、寬敞的感覺，如望千里平野。而巧句不是設想離奇，便是鍊字突出，給讀者的感受是新奇、跳脫、突然，如看窮山惡水中的一朵奇花異草。

我們明白渾的境界之後，再來看賀鑄這幾句詞，便不難體會。「煙草」、「風絮」、「梅雨」

都是細碎雜亂之物，不恰似千頭萬緒的閒愁嗎？而由整個景象看來，又恰好組成一幅「幽淒迷茫」的圖畫，不正是愁人那種「迷離恍惚，茫然無措」的心境嗎？情與景配合得很自然，找不出一點痕跡來。再看他的用字造句，整個非常均衡，並沒有特別新奇重要的關鍵字。但整段讀下來，它的意味卻足夠品嘗一番的。這便是渾成了。

因為上舉之句是賀鑄最為世人所稱賞的妙詞，所以我先將它提出來作個引子，讓讀者先對賀詞有個印象。然後再逐步欣賞其他作品，便容易領會了。

首先，我們先將賀鑄的身世為人以及他的作品的風格作個瞭解：

賀鑄，字方回，宋朝衛州人，是孝惠皇后的族孫，自言唐朝諫議大夫賀知章之後。娶宗女為妻，授右班殿直，元祐中，通判泗州，又倅太平州，以尚氣使酒，悒悒不得志，退居吳下，自號慶湖遺老，後卒於常州僧舍，享年七十四。

方回為人剛直，有豪俠氣習，又工言語，喜作論辯，有不得於心者，雖是當朝權貴，亦敢肆意譏諷，不稍退懼。當時，米芾也以豪氣見稱，兩人頗互心許，每相遇，則論辯不休，時人傳為奇談。因為他這種不知收斂的個性，所以使他在官場上很不得意，悒悒以終其生。

方回貌醜，時人稱他為賀鬼頭。據《宋史》記載，說他長七尺，面鐵色，頭髮禿落，想來是不會太好看的。但他雖是貌醜，卻高富才情，文章以深婉麗密見稱，如次組繡，尤長於度曲，掇拾人所遺棄，少加隱括，皆為新奇，嘗自言：「吾筆端驅使李商隱溫庭筠常奔走不暇。」時人相知者，無不推愛之。《中吳紀聞》云：「方回嘗遊於定力寺，訪僧不遇，因題一絕云：『破冰泉脈漱籬根，壞衲猶疑掛樹猿。蠟屐舊痕渾不見，東風先為我開門。』王荊公極愛之，自此身價愈重。」又云：「山谷有詩云：『解道江南斷腸句，只今惟有賀方回。』其為前輩推愛如此。」其後，陸游的《老學庵筆記》也說他「詩文皆高，不獨工長短句也」。於此可見，方回確有其可愛之處。

他曾自集所為歌詞，名《東山寓聲樂府》。他的詞以清麗見長，張文潛〈東山詞序〉云：「方回樂府，妙絕一世，盛麗如遊金張之堂，妖冶如攬嬙施之袂，幽索如屈宋，悲壯如蘇李。」他的詞境常隨際遇而變，早期的格調大致傾向盛麗妖冶方面，晚年因不得志，頹喪傷感，哀怨無端，頗有騷情雅意。所以格調便轉入幽索悲壯。然其悲壯處還不免雕琢之痕，未若東坡的放曠自然。陳亦峰《白雨齋詞話》說：「方回詞，胸中眼中，另有一種傷心說不出處。全得力於楚騷，而運以變化，允推神品。」又說：「方回詞極沉鬱，而筆勢卻又飛舞，變化無端，不可方物，吾烏乎測其所至。」可謂推崇備至，所言雖不免浮誇過譽，但方回詞在宋朝詞壇上卻可稱為大家。其作品頗有值得我們提出來細細賞讀的。以下聊舉數闋，以窺一斑。

青玉案

凌波不過橫塘路，但目送、芳塵去。錦瑟華年誰與度？月臺花榭，瑣窗朱戶，惟有春知處。　碧雲冉冉蘅皋暮，彩筆空題斷腸句。試問閒愁都幾許？一川煙草，滿城風絮，梅子黃時雨。

欣　賞

這闋詞似乎已被視為方回詞的代表作，因為結尾數句太為世所推服了。吳梅曾感慨地說：「世人徒知黃梅雨佳，非真知方回也。」果是另有見地，然此詞之妙，卻不容忽視。

〈青玉案〉這個詞名蓋由張衡詩：「何以報之青玉案」而來。韓淲詞有「蘇公堤上西湖路」句，又名〈西湖路〉。此調以賀鑄詞，蘇軾詞，及毛滂、史達祖的作品為正體。餘若張炎詞之疊韻，吳潛，胡詮詞之添字，李清照詞句法之小異，皆為變體。

此詞的本事有二種說法：一是龔明之《中吳紀聞》云：「鑄有小築在姑蘇盤門之內十餘里，地名橫塘，方回往來其間，作此詞。」另郎瑛《七修類稿》曰：「秦氏沒於籐州，賀鑄作〈青玉案〉詞以弔之」。若按詞意看來，當以龔說為是。

這闋詞全出於設想，似有所託喻。正如陳亦峰所言：「全得力於楚騷。」也正因為他用了楚辭比興的筆法，所以詞意不免顯得隱晦。整闋詞看來，意味並未十分深永透徹，令人覺得朦朦朧朧的，不大能領會它的真情意。在風格上看來，倒有宋初晏歐諸家那種婉約穠麗的韻味。我們若細讀這首詞，可以發現此詞本是寫情之作，但全首卻以寫景為主，甚少有直述情意之處，故由字面上看，頗顯得華麗厚重。這是因為方回用了「以景寓情」之法的關係。清朝周濟《介存齋論詞雜著》云：「耆卿融情入景故淡遠，方回鎔景入情故穠麗。」假如我們讀了柳耆卿的詞，又看了方回的作品，就會深深同意周濟這段評語。

此詞開始便設想在橫塘的路上遇見一女子。「凌波」用以形容女人輕盈的步態。語見曹植〈洛神賦〉：「凌波微步，羅襪生塵。」底下「但目送、芳塵去。」這「芳塵」也是從「羅襪生塵」續寫而來。「不過」兩字有「望而不能即」之意。由這幾句看來，作者雖遇見那個女子，卻不得機會與之結識，只好目送著她的芳蹤盈盈而去，徒生思慕之情。清黃蓼園的《蓼園詞選》說：「所居橫塘斷無宓妃到。」若將「凌波」硬解為宓妃，詞意便囿死了。解詞最忌的便是拘著字面去講，讀者不可不慎。

彼女子既不得親近，續筆便但為猜想她的生活，故設下一問：「錦瑟華年誰與度？」以表關懷之情。然後又自作解說：「月橋花院（或作月臺花榭），瑣窗朱戶，惟（或作只）有春知處。」這是作者想像彼女子定是生活在「月臺花榭，瑣窗朱戶」的環境中，但這個地方卻惟有春知其處，言下頗有悵恨之意。

下片開始，作者又將思路由想像之中拉回現實，而現實又是一個怎樣的情境呢？「碧雲冉冉蘅皋暮」，皋是指水澤邊，即橫塘之畔，蘅是杜蘅，一種香草。在這長滿香草的橫塘邊，天已接近黃昏了，只有片片的浮雲悠悠地飄動著。景象寫得很空闊荒寂，令人有「人去塘空」之感。所以那時作者必是滿懷惆悵，預伏「閒愁」之端。在這心情之下，只有「彩筆空題斷腸句」，因而惹起恰如「一川煙草，滿城風絮，梅子黃時雨」的萬般愁情，徒喚奈何。

這首詞情境非常恍惚迷離，起筆便如夢境。續筆再加上想像，寫那女子的住處便更加不可捉摸了。由時空的經緯來看，是由「想像」與「現實」的衝擊構築而成。在想像中，他懷念著一種「月臺花榭，瑣窗朱戶」的生活，而這種生活已遙不可得了，在現實中，他所感受到的卻是另一個孤寂的生活。所以歸結到最後，便只有一腔閒愁了。此詞含有「欲說還休」之態，恰如陳亦峰所說的：「另有一種傷心說不出處。」正因為如此，所以情意不十分明白真切，在意境上總有語隔一層之感，若非結尾數句妙千古，此詞便不足道了。況且方回所表現的那種閒愁，也僅是一個不得志的老年人所感到的無聊之情罷了，與李後主那種刻骨銘心，有若「一江春水向東流」的愁恨相較，便顯得言過其詞了，這便是際遇的不同。

柳色黃

薄雨收寒，斜照弄晴，春意空闊。長亭柳色纔黃，倚馬何人先折。煙橫水漫，映帶幾點歸鴻，平沙銷盡龍荒雪。猶記出關來，恰如今時節。將發，畫樓芳酒，紅淚清歌，便成輕別。回首經年，杳杳音塵都絕。欲知方寸，共有幾許新愁，芭蕉不展丁香結。憔悴一天涯，兩厭厭風月。

欣賞

〈柳色黃〉原名〈石州慢〉，因為方回此詞有「長亭柳色纔黃」句，故又名〈柳色黃〉，另謝懋詞名為〈石州引〉，本調以方回此詞為正體。若張炎，張雨詞之攤破句法，王之道詞之句讀全異，皆為變格。

此詞並沒有特別妙絕之處，但造語工秀，運篇純熟，可看出方回慢詞的功力相當純厚，煉字造句都不輕率。張炎說：「賀方回，吳夢窗皆善於煉字面者。」的是公允之評。據宋朝王灼《碧雞漫志》的記載：「賀方回〈石州慢〉（即〈柳色黃〉），予見其稿，『風色收寒，雲影弄晴』改作『薄雨收寒，斜照弄晴』。又『冰垂玉筯，向午滴瀝檐楹，泥融消盡牆陰雪』改作『煙橫水際，映帶幾點歸鴻，東風銷盡龍沙雪。』」照這看來，不論韻律寫景，都比原作要好得多。可見方回的寫作態度是夠嚴謹的。

這首詞寫別離之情。宋吳曾《能改齋漫錄》云：「方回眷一姝，別久，姝寄詩云：『獨倚危欄淚滿襟，小園春色懶追尋。深恩縱似丁香結，難展芭蕉一寸心。』賀因賦此詞，先敘分別時景色，後用所寄詩語，有芭蕉不展丁香結之句。」這段記載倒也合情合理，這種贈情之作，在詩詞中屢見不鮮。

此詞設想平常，是贈別體的一般寫法，若與柳耆卿「寒蟬淒切」（〈雨霖鈴〉）一詞相較，情味便不如柳詞的深濃，那是因為柳詞通篇以情為骨幹，寫景只是用來托襯情感而已。而方回此詞卻以寫景為主，把情感寄託在景色中，在描寫的層次上與柳詞不同，故柳詞便顯得情味濃厚，而賀詞便覺情味淡遠，比較含蓄些。

上半闋完全是在描寫離別時的景象，用的是倒敘筆法，自「薄雨收寒」至「平沙銷盡龍荒雪」這一大段盡力寫景，筆端盡量放開。然後以「猶記出關來，恰如今時節」兩句作收，點出上述情景都是回憶到當時告別伊人出關的情景，而恰好和現在的節候相彷彿，等於暗示讀者離別的時間已經過一年了，預為「回首經年」一句作伏筆。開頭一段塑景非常鮮明，雖然造語平常，並沒有新奇之處，但卻有名家那種圓熟穩練的氣勢，不見造作斧鑿之痕。

下半闋緊頂上片「猶記出關來」一句，放筆又寫臨出發前的情況。在畫樓上，一杯離別之酒，伊人含著淚水為我唱出陽關曲，而如今已分離兩地，回頭一想，此別已經一年的歲月，路途遙遙，音信也全斷絕。恩情縱似丁香花那般的永結在一起，也難使寸心開展，只有各自憔悴天涯，懨懨地拋卻大好的時光。這一段寫來情思眷眷，由景入情，情感比上片濃烈了許多，幾有捫心悲喚之態。

縱觀此詞，章法很緊，上下片都以回敘筆法寫成，中間以「猶記出關來」一句作為連鎖之用，「記」字是全篇之眼，點出此詞係屬回憶之作。這種有法可尋的作品以功力見稱，很值得初學者揣摩。

浣溪沙

樓角初消一縷霞。淡黃楊柳暗棲鴉。玉人和月摘梅花。　笑撚粉香歸洞戶。更垂簾幕護窗紗。東風寒似夜來些。

欣　賞

此詞靡麗有如盛裝少女，但韻味卻相當足。楊升庵云：「此詞句句綺麗，字字清新，當時賞之，以為《花間》《蘭畹》不及，信然。」

這首詞有兩個很大的特點：一是客觀描述，一是濃縮時空。詩詞都是緣情之作，既然作品中注入作者的感情，則不免主觀，作品中所寫的一景一物，所表現的一顰一笑，都是作者心靈的感受，故主觀色彩很重。這也就是王國維《人間詞話》所說的有我之境：「有我之境，以我觀物，故物皆著我之色彩。」而此種有我之境的主觀作品幾乎佔詩詞中的絕大部分。

我們試觀這闋詞，通篇都未滲入作者一點主觀的情感，他等於只將所見的一幅畫原原本本的說給你聽，自己不加一點意見。這種手法在《莊子》裡應用得最多，《莊子》中大部分是寓言，當他要說明一點什麼道理時，往往不直接表示意見，而僅以一個客觀性的故事說出，讓聽者讀者自己去領會，這樣便可避免主觀的偏失。此詞似乎在有意之間用上了這種手法。

假如我們細加觀賞，便可證明上面的說法。此詞起筆兩句是偏重靜態的寫景，作者只將當前的景色不帶半點個人情感地描繪出來。這兩句塑景如畫，鮮麗明快。《苕溪漁隱叢話》云：「賀方回『淡黃楊柳暗棲鴉』之句，寫景可謂造微入妙。」這並非過譽之詞。接著「玉人和月摘梅花」一句，在當前這種寧靜的景色中，忽有一美麗的女孩子來摘梅花。畫面由靜入動，但仍作客觀的敘述，毫不帶個我的色彩。

下半闋續寫那女孩的動作，笑撚著粉香走回閨房，又將簾幕低垂下來，這時，夜晚的東風似乎寒冷了些。從頭到尾仍作客觀的描述，看不到作者的一點蹤跡，這是一種無我之境。寫客觀的無我之境，容易流入靜態描寫。王國維《人間詞話》說：「無我之境，人唯于靜中得之。」這裡的「靜」當是指作者情感平靜，不起波瀾而言。但客觀的事實仍是該動則動，該靜則靜。若只作靜態傳述，則容易變成呆板，毫無生氣，韻味便不足了。所以作者在此詞中，便藉一女子摘梅花的動作，使全篇生氣全出，情味十足。

另有一點值得我們注意的是這種寓言式的寫法必須有複意，並非作者沒有情感，而是情在不言中。若此詞，在周遭寂寂的日暮，寫一女子獨摘梅花，雖言「笑撚粉香」，實則寂寞之甚，其情感不言可知了。

這首詞的時空已濃縮到成為現在固定的一點。在時間上，既不回憶到過去，也不擬想到將來，單單只寫當前黃昏的片刻。在空間上，也只限於那女子所住的院子裡，並未提到別的地方。這種時空濃縮的手法，可以使作品顯得精緊，結構更加完整，不致有鬆散的現象。雖然略嫌變化不夠，眼界不寬。但要是處理得好，卻同樣能收以小見大，由簡窺繁之效，最適合應用在簡短的作品上，然而，若無精鍊之筆，卻很難辦到。由這闋詞，我們又可知道方回鍊意的功夫也有獨到之處。

周邦彥詞欣賞

周邦彥，字美成，自號清真居士，錢塘（今浙江杭州人）人，著有《清真集》（一名《片玉集》）。

周邦彥在詞壇上的最大功績，恐怕是審定古調，完成嚴整的律度了。當時的慢詞多為作者自度，音律字句，尚不能統一。宋徽宗時，他被召提舉大晟樂府，即從事審音調律的工作，討論古音，移宮換羽，使字句音律，皆有法度，使後來詞人有所遵循，以為軌範，實不能不說是他在詞壇上的偉大貢獻。

北宋人的詞，有的雅致，有的俚俗，到了周邦彥便治雅俗於一爐。他的詞雖然缺少蘇秦那種雄偉奔放的氣勢，但具有南唐詞人那種濃豔典雅的風格，賀黃公說他「有柳欹花嚲之致，沁人肌骨」，便是這個意思。因此，周詞在表現上，傾力於工筆的描寫，富豔精巧，善於鋪敘，特別是客觀的模寫物態，都能曲盡其妙。至於結構的曲折和章法的呼應，更是靈活自如，所以歷代詞家都很推崇他的詞法。同時，他喜歡以用事來增加他作品的典雅氣，由於本身學殖豐富，用事能圓轉紐合，因此改用唐人詩語，隱括入律，也都能渾然天成，別饒風趣。

儘管清真詞「前收蘇秦之終，後開姜史之始」（《白雨齋詞話》），被推為「巨擘」，但他大部分的作品，過分注重律度，傾心藝術技巧，所以在內容方面，顯得有點貧乏，這是毋容置喙的，王國維說：「美成深遠之致，不及歐秦，惟言情體物，窮極工巧，故不失為第一流之作者，但恨創調之才多，而創意之才少耳」（《人間詞話》），對於清真詞，這番話可算是最中肯的批許了。

玉樓春

桃溪不作從容住，秋藕絕來無續處。當時相候赤欄橋，今日獨尋黃葉路。

煙中列岫青無數，雁背夕陽紅欲暮。人如風後入江雲，情似雨餘黏地絮。

欣　賞

這首詞通體記敘，以偶句立幹，以規矩立極，並且以淡淡的愁思籠罩全詞。

〈玉樓春〉一名〈木蘭花〉，全調七言仄韻八句，最宜於對偶，周邦彥利用這種特徵，盡量發揮，幾乎句句語語都用工整的對仗，加上他才思秀發，從不因詞中格律而限制文思，甚而至於運用形式，控制格律，使詞情與詞調相愜，這不能不使人佩服他過人的才華。

上闋「桃」對「藕」，「赤欄橋」對「黃葉路」，其實都是以春對秋，來暗指時間的推移。「桃溪」用劉、阮天台事，當時既自憐緣分，又自惜緣淺，所以說「不作從容住」，輕筆抒情，委婉入妙。「秋藕」句重筆一頓，尚見綿綿餘情，語盡而韻味不盡。三四兩句是分應格，「赤欄橋」承「桃溪」而言，「獨尋」不正是說明「無續處」嗎？當時赤欄相候，包含多少柔情蜜意，而今踽踽獨尋，又有多少低眉相思之苦，這二句不但字句相對，連詞意也是相對的。

「當時」一聯，是全詞的轉捩處，下片的意思，都是從「獨尋黃葉路」生出，這種手法與溫飛卿的〈更漏子〉相同：

玉爐香，紅燭淚，偏照畫堂秋思。眉翠薄，鬢雲殘，夜長衾枕寒。　梧桐樹，三更雨，不道離愁正苦。一葉葉，一聲聲，空階滴到明。

梧桐樹以下，都是承上句夜長而發揮，譚獻說：「似直下語，正從夜長逗出」，清真此詞，也是如此：「煙中」兩句，繪出當時的景色，「人如情似」一聯，寫「今日獨尋」的感慨。

過片兩句中，青岫、紅陽，恰與黃葉的色彩相映成趣，形成一幅生動的畫面。我們可以想像：一隻孤雁背著夕陽緩緩地飛著，在牠下面是青青的山巒，天地的一切，似乎都銷鎔在黃昏的倦容裡了。並且，兩句雖同是寫景，但境界卻有鉅細之別，列岫峙青，孤雁背日，使空間壓縮成趣，這也是詩家對偶的金鋮，如杜甫詩：「一去紫臺連朔漠，獨留青塚向黃昏」，以一望無垠的朔漠，來對寂寞冷落的青塚，大小氣燄雖不相等，但讀起來卻別有味道。

末聯連用兩個明喻，並臻佳妙，《白雨齋詞話》說：「美成詞似拙實工者，如〈玉樓春〉結句云：『人如風後入江雲，情似雨餘黏地絮』，上言人不能留，下言情不能已，呆作兩譬，別饒姿態，卻不病其板，不病其纖，此中消息難言」，是不錯的。本來在修辭學中，明喻是比喻呆板的手法，但由於他筆健，所以「不病其板」，由於他情厚，所以「不病其纖」，這就是陳亦峰所謂的「似拙實工」了。同時，就章法言之，人如風後的雲，正回應首句「不作從容住」，而「情似雨餘黏地絮」，更如神龍掉尾，不獨回顧「赤欄橋」，竟直扣桃花溪上，由此我們可以瞭解清真詞嚴密的章法，和深厚的功力了。

西河　金陵懷古

佳麗地，南朝盛事誰記？山圍故國繞清江，髻鬟對起。怒濤寂寞打孤城，風檣遙度天際。　斷崖樹、猶倒倚，莫愁艇子曾繫。空餘舊跡鬱蒼蒼，霧沉半壘。夜深月過女牆來，傷心東望淮水。　酒旗戲鼓甚處市，想依稀、王謝鄰里，燕子不知何世，向尋常、巷陌人家，相對如說興亡，斜陽裡。

欣賞

這首詞是周邦彥在金陵（今南京）弔古的作品，在《清真集》中，比起那些摹景詠物，鉤勒工細的作品來，這首詞的風格要高得多了。

佳麗地，是指金陵，謝脁〈入朝曲〉：「江南佳麗地，金陵帝王州」。第二句是全篇之眼，「南朝盛事誰記」，是說六朝繁華，都隨煙銷歇，還有誰來念及呢？以下寫月戀淮水，甚說興亡，詞意都與此遙遙相應。「山圍故國」等四句，寫金陵勝形，卻蘊藏無限滄桑之感，這種憑藉遺跡，弔古傷今的筆法，最容易含蓄著一股沉重的感情，因為兩間物色，千古不殊，譬如巫峽危灘，瀟湘夜雨，雖歷經數朝，而灘聲雨色，總是永遠不會改變的，但「人事有代謝，往來成古今」，對著桃花春風，思念去年人面，也會有說不盡的惆悵。所以，儘管青山對峙，縈繞清江，寒潮寂寞，怒打孤城，形勝雖在，卻畢竟不是南朝昔日的盛況了。

中段以後，寫對歷史的憑弔；「斷崖」上的樹，當年曾繫過莫愁的遊艇的，現在還是倒倚著，卻已變成歷史的陳跡了。霧氣遮蓋了半邊城的營壘，望過去一片山樹，鬱鬱蒼蒼。曾經照過南朝繁華的明月，深夜時又越過城上的小牆，傷心地照著那舊日都人仕女的遊宴之所——秦淮河。字裡行間，雖不明說人事的繁華和冷落，然而「斷崖」的樹，「淮水」的月，卻不知看過了多少夏雲秋雨，玉帛干戈，作者傷逝之情，已不言而喻了。

「酒旗戲鼓甚處市」以下幾句，總寫人事代謝，以襯托出孤城的荒涼。當年酒樓戲館等繁華場所，而今安在？東晉時期的豪門舊址，竟也依稀恍惚，不可辨認了，市況的冷落由此可見。唯有燕子不知人事已改，依然春去秋來，棲宿在已變為尋常巷陌的王謝堂裡，它們在夕陽中相對呢喃，好像在訴說著歷史的興亡悲劇。

這闋詞以劉禹錫的兩首詩為張本，一首是〈石頭城〉：「山圍故國周遭在，潮打空城寂寞回。淮水東邊舊時月，夜深還過女牆來」，另外一首是〈烏衣巷〉：「朱雀橋邊野草花，烏衣巷口夕陽斜。舊時王謝堂前燕，飛入尋常百姓家」。可是周邦彥雖然隱括劉禹錫的詩句入詞，卻無斧鑿之痕，試看最後幾句：「燕子不知何世，向尋常、巷陌人家，相對如說興亡，斜陽裡」，改用〈烏衣巷〉舊句，已能翻陳出新，張叔夏說：「美成詞渾厚和雅，善於融化詩句」，這話是不錯的，至於吳激〈人月圓〉的前闋：「南朝千古傷心事，還唱〈後庭花〉，舊時王謝，堂前燕子，飛向誰家」，則准方作矩，就不免淪為古人的臣僕了。

滿庭芳　夏日溧水無想山作

風老鶯雛，雨肥梅子，午陰嘉樹清圓。地卑山近，衣潤費鑪煙。人靜烏鳶自樂，小橋外、新淥濺濺。憑闌久，黃蘆苦竹，擬泛九江船。　年年，如社燕，飄流瀚海，來寄修椽。且莫思身外，長近尊前。憔悴江南倦客，不堪聽、急管繁弦。歌筵畔，先安枕簟，容我醉時眠。

欣賞

這首詞是周邦彥在做溧水令任內寫的，那年他三十七歲，已近中年，因此詞中所表現出來的是氣恬韻穆，色雅音和，聲辭之美，在本集中固然找不出第二首，就是求之兩宋，恐怕也罕見其儔。

起筆三句寫景，點出春光已去，小鶯兒在暖風裡成長了，梅子經雨滋潤，也肥大起來，卓午的樹影，既清晰、又圓正，三句描寫初夏的景色，很稱題旨。「地卑」兩句，體物入微，因為地低近山的地方，易受到潮濕氣的浸潤，必須要藉鑪煙來燻衣才行，詞意只說當地實況，但已強烈地暗示了他居處的偏僻荒涼，含蓄極了，譚復堂讀清真詞時，在這兩句旁邊密加圈點，且評道：「〈離騷〉廿五去人不遠」，譚氏拈出此訣，實已為詞家度盡金鍼了。「黃蘆苦竹」，從白居易〈琵琶行〉：「住近湓江地低濕，黃蘆苦竹繞宅生」脫化出來，「擬泛九江船」句，暗以白樂天貶謫江州時的處境與心境自比。「擬泛」，只是虛想之詞，其實羈旅生涯，那能從心所願呢？此處略一頓挫，為後半闋蓄勢，直逼出下片社燕飄流之苦。

年年三句，「見宦情如逆旅」（黃蓼園語），以社燕寄椽的意思，直貫終篇。上闋才說要泛舟縱樂，下闋忽又自嘆「飄流瀚海」，前後好像不能銜接，其實這才見頓挫之妙，無怪夏閏庵要讚美說：「真覺翩若驚鴻，婉若游龍」了。「且莫思身外，長近尊前」，看來作者好像真把功名事業都當作身外的事物看待了，殊不知這正是一種無可奈何、難以排遣的心情，所以梁任公說：「最頹唐語，卻最含蓄」。「江南倦客」，是作者自稱，「急管繁弦」只會徒增煩惱，不如在「歌筵畔，先安枕簟，容我醉時眠」，安枕醉眠，的確已寫出作者的「倦」意，尤其與「歌筵」對照，更覺得餘味雋永，妙於言語。後人填詞，好作盡頭語，使讀者一覽無餘，與此相較，真有天壤之別了。

這首詞得力在寫景，從「風老鶯雛，雨肥梅子」到「衣潤費鑪煙」，都顯出作者的才華，其中「老」字、「肥」字、「費」字，似乎都經過千錘百鍊，我們如果潛心玩索，可以領悟到鍊字的方法。

從章法來看，也雅得跌宕之妙，譬如「方喜嘉樹，旋苦地卑，正羨烏鳶，又懷蘆竹」（陳述叔語），曲盡了人生苦樂萬變的悲哀。另外，在詞中換頭的地方，不著痕跡，輕筆頓挫，而有水到渠成之樂。至於其他的句子，也都能語語含情，將作者遲暮飄零的情懷，寄託在響弦之外，陳亦峰《白雨齋詞話》說：「烏鳶雖樂，社燕自苦，九江之船卒未嘗泛，此中有多少說不出處，或是依人之苦，或有患失之心，但說得雖哀怨卻不激烈，沉鬱頓挫中別饒蘊藉」，已將這首詞的特點指出來了。

浣溪沙

樓上晴天碧四垂，樓前芳草接天涯，勸君莫上最高梯。　新筍已成堂下竹，落花都入燕巢泥，忍聽林表杜鵑啼。

欣賞

這是一首傷春的詞，作者真摯的感情和濃厚的春愁，幾乎不是這首小詞所能盡行承受的。全詞一氣呵成，過片兩句，對仗也很自然，是〈浣溪沙〉的正格。

首句「樓上晴天碧四垂」，形容萬里無雲，長天無際，「碧四垂」三字設想入微。晚清折枝名家陳寶琛曾經以「霜店無燈群馬齕，雪蓬不岸四天垂」的警句，在當時領異標新，別樹一幟，其實陳氏這一聯的落句，顯然是以周詞為藍本的。「樓前」句形容芳草無涯，「接」字與秦觀詞「天黏衰草」的「黏」字，有異曲同工之妙。「勸君莫上最高梯」，是說正因為長天無際，芳草無涯，所以不忍凭欄臨遠，唯恐引起心中的傷感。

過片兩句，以新夏和殘春對舉。昔日新筍，今已成修竹；昔日繁花今也已凋謝，而被燕子銜去補巢去了。咫尺之間，增人惆悵——人不都是在這春來春去，花開花謝的循環中衰老的嗎？兩句寫春殘遲暮的悲哀，非常委婉。結句承上聯得意，說春愁無限，那裡還忍心去聽林表杜鵑送春的啼聲呢？「忍聽」句輕筆收束，不即不離，這是寫作的技巧。我們知道，〈浣溪沙〉下片三句，由於首次兩句必須對仗，每使結句伶仃，作者如果不費心經營，似乎收煞不住，太用力經營，又恐怕軼出題外，很難安排，周邦彥在這裡避開議論，以停勻為歸，正是他高人一等的地方。

菩薩蠻　梅雪

銀河宛轉三千里，浴鳧飛鷺澄波綠。何處是歸舟？夕陽江上樓。　天憎梅浪發，故下封枝雪。深院捲簾看，應憐江上寒。

欣　賞

這首詞透過梅雪，寫出閨人思遠的深情。「銀河宛轉三千里」，形容江流的遙遠。「浴鳧飛鷺澄波綠」，寫江邊實景。「何處」兩句，是倒裝句法，只見她倚在妝樓上，臨江遠眺，盼望著征帆歸來。

下片說思婦看見雪花紛飛，不禁擔心起江上人的冷暖來。藉天怨梅，情深近癡，這正是本詞所以能動人的原因。文學作品，寫情能到真處固然是好，能到深癡處也是佳構。情癡的人，往往會因無端的事，而作有關之想，並且，寫入詞句，用情愈癡的，愈遠於理，然而都成妙諦，這種筆法，《詞筌》稱為「無理而妙」，如張子野的詞：「不如桃杏，猶解嫁東風」，彭羨門的「落花一夜嫁東風，無情蜂蝶輕相許」，都是範例。

本詞下闋寫情，也近乎癡絕。思婦原因降雪而憂慮遠人，但是雪由天降，基於畏天的心理，不敢怨天，只好遷怒到濫開的梅花身上，於是肯定「天憎梅浪發」，所以才下雪封枝，以示懲儆，而使江上人受到池魚之殃，如果梅花不浪發，天怎麼會下雪呢？情癡如此，真可謂「無理而妙」了。

李清照詞欣賞

李清照是宋朝南渡前後的女詞人，她以超軼絕塵之姿，婉美靈秀之才，自創境界，掃空前代，為詞壇放一異彩。在她的《漱玉詞》中，多半是富於性情與生命的作品，她重視音律，講究鍊句，摒除了淮海詞（秦觀）的淫靡，卻有他細微婉約的功夫，雖不作露骨的雕琢，卻有清真詞（周邦彥）的工力，而感情的真摯，又與李後主、晏幾道很接近，所以她的詞在詞壇上佔有很高的地位。

李清照，自號易安居士，生於濟南歷城西南的柳絮泉，父親李格非官拜禮部員外郎，家中藏書甚富，當她十八歲時，嫁給諸城太學生趙明誠，感情很好，她們夫婦都好學能文，尤善搜集考訂有關金石一類的書籍，過著美滿幸福的生活。可惜中年以後，金人的笳鼓摧毀了她的美滿生活，南渡後丈夫又病死，她只好抱著一顆破碎的心，顛沛流離，晚景十分淒涼，於是構成她《漱玉詞》裡的黯澹背景。她的詞風隨著她的生活環境而轉變，前期限於閨情一類，嫵媚風流，綽約輕倩。後期嚴肅淒苦，而入於深沉的憂鬱，造成她在藝術上最高的成就。

近人繆鉞著《詩詞散論》，曾說明《漱玉詞》有三點超卓之處：一、為純粹的詞人。二、有高超的境界。三、富創闢的能力。我們不難從第一點看出她感情的真摯，由第二點知道她理想的超奇，從第三點瞭解她卓越的天才，因此，她的詞能樹立特有的作風，達到清空靈妙的境界，繆鉞之論，的確能道盡《漱玉詞》的長處，同時也可據為定論了。

如夢令

昨夜雨疏風驟，濃睡不消殘酒。試問捲簾人，卻道海棠依舊。知否？知否？應是綠肥紅瘦。

欣賞

這首詞描寫作者晚春的情緒。李清照在北宋顛覆前，頗多飲酒惜花之作，反映出她悠閑風雅卻不免無端空虛的生活，所以這首詞的意境也是雙重的。

「風疏雨驟」，形容雨勢的急暴，「昨夜」點出了時間，此句為下面海棠依舊作一伏筆。「濃睡不消殘酒」，是說睡得很好，但醒後殘餘的酒意仍然未消，「濃睡」，本是為了排遣空虛，誰知一覺醒來，酒意未消，心裡益加空虛，這分惆悵與晏幾道的「酒醒簾幕低垂」很相似。「試問捲簾人」兩句，假借侍女的口吻，說出海棠無恙的話。上句雖未寫明作者所問何事，但揣摩下句，可能她是在問：「夜來風雨，不知海棠花怎樣了？」在文字上非常經濟。同時，由「雨疏風驟」聯想到將要辭春的「海棠」，已使自己的感情與自然合而為一了。

「知否」二字，疊得有味，不知是自問，還是泛問，也可能是在責備捲簾人的粗心大意。末句承上而言，拈出應是「綠肥紅瘦」，「綠肥」與前面「雨疏」相承，「紅瘦」與「風驟」相應。「綠」是指葉，「紅」是指花，花被風吹，葉為雨潤，所以用「肥」來形容葉子的蔥茂，用「瘦」字來比喻花朵的憔悴，「應是」二字，雖是語氣不肯定，卻越使自然景物因人的感情而生動起來。

全詞並不直接提到晚春，而用「綠肥紅瘦」的象徵手法，輕描澹寫，恰如其分的表現出晚春的意象來，黃蓼園說：「按一問極有情，答以依舊，答得極澹，跌出知否二句來。而綠肥紅瘦，無限悽婉，卻又妙在含蓄，短篇中藏無數曲折，自是聖於詞者」，黃氏的評語，非常中肯。

醉花陰

薄霧濃雲愁永晝，瑞腦消金獸。佳節又重陽，玉枕紗廚，半夜涼初透。

東籬把酒黃昏後，有暗香盈袖。莫道不銷魂？簾捲西風，人比黃花瘦。

欣賞

這首詞黃昇《花庵詞選》題作「九日」，是《漱玉集》中的名作，詞中抒寫作者閨房生活的寂寞，以寄意她對夫婿的思念，含蓄的深情，都透過重陽的景物而表現出來。據明朝伊士珍《瑯嬛記》所載：李清照這首詞很得她丈夫趙明誠的激賞，於是他苦思求勝，廢寢忘食，也作了十五闋詞，連同李清照這首〈醉花陰〉詞，一起送給他的好友陸德夫看，陸德夫玩味再三，說：「只有莫道不銷魂三句絕佳」，這雖是他們夫妻間的韻事，卻也可以看出這首詞的藝術技巧確是高人一等的了。

「薄霧濃雲」是陰霧的天氣，在這種「秋雲不雨長陰」的天氣裡，最容易令人興起懷人的思緒，用一「愁」字，是全篇的樞紐，「瑞腦」一稱龍瑞腦，是一種薰香。「金獸」是獸形的銅香爐。「瑞腦消金獸」，是說香爐裡的香料漸漸燒完了。首二句，就有力地刻劃出作者當時寂寞的環境和心情。「佳節」二句，寫重陽時節，涼意來襲，在「玉枕紗廚，半夜涼初透」的閨房寂寞，與「每逢佳節倍思親」的複雜情緒中，揉合出一種深深的青春的孤獨之感。

過片兩句承前意，暗用重陽醉菊的史實，來暗示對遠人的渴望。「東籬」通常是指種菊的地方，陶淵明詩「采菊東籬下，悠然見南山」。拈出「黃昏」二字，點明時間，且與「暗香」

綰合。「東籬把酒」，「暗香盈袖」，原本是風雅之事，可是對於一個獨居的人，卻只有平添無限的離情別緒了。

「莫道不銷魂」三句，一氣貫下，形象鮮明，情景交融，概括了她當時的寂寞（簾捲西風），愁思（莫道不銷魂），和自憐（人比黃花瘦）的心境，而成為膾炙人口的名句。

「簾捲西風，人比黃花瘦」九個字，造語精鍊，妙到毫顛。我們試著分析這兩句之所以佳妙的原因，約有三點：一、西風、黃花，都是重九當前的景物，易安憔悴已久，西風拂面而愁緒益深，黃花照眼而佳人共瘦，信手拈來，寫盡了暮秋無限的景色，道盡了深閨無限的離情。二、九個字中，簾、西風、人、黃花，都是實字，然而其間著一「捲」字，嵌一「比」字，反使字字如貫珠，靈妙無比。三、「風」字是洪音，「瘦」字是細音，「簾捲西風」，以洪音縱出，收到「瘦」字，又斂而為極細極小的聲音，給人在聽覺上有新奇的感覺。所以我們吟誦這兩句，會覺得字字入目，字字出口，雖然只有九個字，而景色不遺，深情脈脈，語簡意婉，音響入雲，陸德夫嘆賞說：「旖旎纏綿」，真有眼光。

聲聲慢

尋尋覓覓，冷冷清清，悽悽慘慘戚戚。乍暖還寒，時候最難將息。三

杯兩盞淡酒，怎敵他、晚來風急。雁過也，正傷心，卻是舊時相識。滿地黃花堆積，憔悴損，如今有誰堪摘？守著窗兒，獨自怎生得黑？梧桐更兼細雨，到黃昏，點點滴滴。者次第，怎一個、愁字了得。

欣賞

這首寫秋情的詞，是李清照晚年的作品，它之所以被推為名作，向來多讚嘆其中的疊字用得妙，張端義《貴耳集》說：「易安秋詞〈聲聲慢〉，此乃公孫大娘舞劍手。本朝非無能詞之士，未有一下十四疊字者。」徐釚在《詞苑叢談》裡說：「真似大珠小珠落玉盤」，可惜所論都不甚了了，只能作皮相觀，未嘗搔到癢處。

「尋尋覓覓」三句，是寫作者抱著百無聊賴的心情，去尋覓自己精神上可以寄託的安慰。易安南渡以後，趙明誠逝世，展轉飄泊，她一直過著寡居淒苦的生活。這首詞的十四個疊字，表現出她內心的空虛。因此，我們可以說，此十四字之妙，妙在疊字，妙在有層次，妙在能曲盡思婦的愁懷。

「尋尋覓覓」，究竟在尋覓什麼呢？自然是尋覓能彌補空虛的東西了。尋覓而不可得，感覺便越冷清，「悽悽」是說「冷清漸蹙而凝於心」，「慘慘」是說「凝於心而心不堪任」（《中國文學欣賞舉隅》），最後拈出「戚戚」兩字，則腸斷心碎，伏枕而泣了。逐步寫來，由淺入深，層次何等細膩，不然，空藉疊字逞巧，徒貽堆砌之譏而已。

四五兩句只是前三句的實寫——尤其在忽然回暖，一會兒又冷的時候，最難安排自己，「將息」，有調養休息的意思。六七兩句是寫她借酒來排遣孤寂的心緒，但「三杯兩盞淡酒」，怎能抵禦晚上刺骨的寒風呢？「雁過也」三句，描寫她淒涼的苦況，大雁春去秋回，不免見雁情傷，更何況還是「舊時相識」？如今丈夫已死、音書不渡，無限悲哀，溢於言外。

過片三句，人花雙寫，情景交融，黃花凋謝了，人也衰老了，把感情與景物緊密的交織起來。「守著窗兒」，一面憐惜秋光，一面憐惜自己，「獨自怎生得黑」的「黑」字，用得奇特，張端義說：「黑字不許第二人押」（《貴耳集》），確是卓評。除了內心的空虛外，還有外在梧桐細雨的刺激，在這一連串的光景下點點滴滴，更增加了單調淒涼的意味，最後竟以愁字收結，真覺萬彙淒心，滿紙秋聲。

全詞借平易的口語，白描的方法，來表現內心的苦悶，前闋寫境況而兼及心情，後闋寫情感，而以景物陪襯，由於筆法高妙，言近情濃，所以能令人讀後，欷歔不已。

武陵春

風住塵香花已盡，日晚倦梳頭。物是人非事事休，欲語淚先流。聞說雙溪春尚好，也擬泛輕舟。只恐雙溪舴艋舟，載不動，許多愁。

欣賞

這一首詞是李清照依弟李沆，卜居金華時的作品，老景的淒涼，河山的破碎，異鄉的羈旅，自然交織成一股濃厚的春愁。

第一句寫春花凋謝，委地生香，一片闌珊春色，已不可收拾，這與佳人的遲暮，是同樣的可悲。此句雖然寫景，卻引起以下無限感慨。「日晚」是日已高，「倦」字畫龍點睛，刻劃出作者的意興蕭索。下兩句更進一解，說出倦懶的原因，「物是」是記憶的基礎，「人非」是記憶的所向，而以「淚先流」為表達深湛複雜的感慨的形式。「事事休」包含了多少莫名的惆悵，要說無從說，又包含了多少無可奈何，兩句雖不說愁，卻字字愁入骨髓。

過片兩句，略一頓挫，臨空新生一意，與首句迴然不侔，但也只是「聞說」，只是「也擬」，都是想像不定之詞，內心歡樂與悲傷，青春與遲暮的掙扎，在這裡都可以看出一點端倪。末三句「只恐雙溪舴艋舟，載不動，許多愁」，再作波瀾，重翻舊意，最後一歸於「愁」，於是春暮的嘆息，倦懶的緣由，物是人非的悵觸，都有了具體的印證。

古來詩詞中，喻愁的作品很多，如賀方回：「試問閒愁都幾許？一川煙草，滿城風絮，梅子黃時雨」，秦少游：「落花萬點愁如海」，是形容愁的多，至於蘇軾的「無情汴水自東流，只載一船離愁向西州」，則形容愁重，李清照「只恐雙溪舴艋舟，載不動，許多愁」，立意造語雖較東坡為晚，卻也能巧思入妙。

一剪梅

紅藕香殘玉簟秋。輕解羅裳，獨上蘭舟。雲中誰寄錦書來？雁字回時，月滿西樓。　花自飄零水自流，一種相思，兩處閒愁。此情無計可消除，才下眉頭，卻上心頭。

欣賞

這首詞黃昇《花庵詞選》題作「別愁」，張宗橚說：「易安結褵未久，明誠即負笈遠遊，易安殊不忍別，覓錦帕書〈一剪梅〉詞以送之」（《詞林紀事》），這首詞文字通俗，音律自然，同時輕倩婉麗，情深一往。

起句「紅藕香殘玉簟秋」七字，以眼前景點出夏末秋初的季節，「蘭舟」二句，正寫其寂

寞無聊的情緒。「雲中誰寄錦書來」，是說誰從遠方捎來了音信？「誰」，自然是指作者所思念的丈夫，用「誰寄」二字輕輕一問，卻流露出無限的深情。下句「雁字」上承「錦書」得意，至於雁兒到底帶來了信息沒有？下句不提，只旁出他意，以景收束，月照樓頭，夜涼如水，字裡行間不說空虛，空虛之情卻宛然可想，這正是《漱玉詞》高明的地方。

下闋全用白描的技巧，不雜故實，表現出幽邃的綺怨，當然，這也是真摯的感情所使然。過片三句，以花水比喻彼此的處境，貼切入微，人隔兩地，相思惹愁，這是使有情人最難消受的，晏幾道的「無處說相思，背面鞦韆下」，范仲淹的「酒入愁腸，化作相思淚」，可作為旁證。最教人困惱的是，相思之情，無計可除，方勉強使得眉頭不皺，心裡卻又想念起來了。末三句從范仲淹詞：「都來此事、眉間心上，無計相避迴」，奪換出來，而造語尤工，因為這種細膩的感情，唯有深於閨恨的人，才能領會出來的。

辛棄疾詞欣賞

辛棄疾的詞，能兼有蘇軾和陸游兩家的風格，而寄託的深遠、詞采的絢爛過之，他和一般吟風弄月的詞人不同，他的詞氣格豪壯，思力果銳，堂廡闊大，筆力峭健，大有高薄青雲的氣象，因此造成他創造性的卓越成就。

辛棄疾，字幼安，號稼軒，宋高宗紹興十年，生於山東歷城的四風閘。他生時北方已淪陷外族，他在異族（金朝）的統治下長大，目擊國破家亡的苦境，幼時即抱有報國的志願，曾兩次到燕京，觀察天下形勢。二十二歲時，毅然投筆從戎，加入耿京的麾下，為掌書記，這是他一生事業的開始。二十六歲那年，曾向宋孝宗獻上有名的《美芹十論》，痛切時弊，二十九歲受命為建康通判，三十三歲知滁州，四十歲知潭州，創立飛虎軍，綏靖夷獠，肅清寇盜，後以讒謗免職，廢放者十年。晚年政府雖想用他的威望才名來鼓舞士氣，任命為樞密院都承旨，可是他已臥病不起了，死後追謚為「忠敏」。綜觀辛棄疾一生，可知他在詞中的成就，固然靠他縱橫的才氣，尤其與他高昂的愛國熱忱、忠義奮發的精神，有不可分的關係。

總之，《稼軒長短句》，氣魄雄大，意境沉鬱，其秀在骨，其厚在神，無怪陳廷焯讚美他是「詞中之龍」，劉克莊也說：「公所作，大聲鏜鞳，小聲鏗鍧，橫絕六合，掃空萬古，其穠麗綿密處，亦不在小晏、秦郎之下」，都是知言之論。下面讓我們列舉他的幾首代表作來欣賞：

永遇樂　京口北固亭懷古

千古江山，英雄無覓，孫仲謀處。舞榭歌臺，風流總被，雨打風吹去。斜陽草樹，尋常巷陌，人道寄奴曾住。想當年、金戈鐵馬，氣吞萬里如虎。

元嘉草草，封狼居胥，贏得倉皇北顧。四十三年，望中猶記、烽火揚州路。可堪回首，佛貍祠下，一片神鴉社鼓。憑誰問，廉頗老矣，尚能飯否。

欣　賞

這首詞是辛棄疾六十六歲時，被韓侂冑起用為鎮江知府所作。詞中藉著追念古人，來抒寫對國家身世的感慨，更流露出作者堅決抗金，而又反對冒進的正確思想。

京口是現在的江蘇鎮江，北固亭，在鎮江北面的北固山上，北固山形勢險固，東逼海門，北對瓜步，宋吳琚曾題為「天下第一江山」，辛棄疾這首詞，是開禧元年在這裡作的，詞中所引述的幾位歷史人物，大半都與這地方發生過關係。

劈頭「千古江山」四字，就把人帶入了一種古今興亡的歷史氣氛中，更從江山聯想到人事，從人事聯想到做過大事業的英雄，撫今思昔，感慨無窮。

「千古江山，英雄無覓，孫仲謀處」，在這千萬年不變的山河裡，沒有地方能找到像孫仲謀那樣的英雄豪傑了。仲謀是孫權的字，三國人，他佔有東南，抗衡中原，曾屢敗曹兵，稼軒之所以盛讚孫權，大概是感慨當時宋朝的皇帝，不能抗金。

昔日「舞榭歌臺」的繁華，與英雄事業的流風餘韻，都被「雨打風吹去」，盛況與岑寂對照，真是不堪回首，拈出「雨打風吹」一語，著一「去」字，悄然一筆勾銷，猛感人世盛衰的無常，不盡嗚咽。

「斜陽草樹，尋常巷陌，人道寄奴曾住」。黃昏的太陽照著草樹，極平常的小胡同裡，傳說曾出生過大英雄。寄奴是南朝宋武帝劉裕的小字，他原籍彭城，生於京口，曾經平定桓玄的叛亂，推翻東晉，做了皇帝，但儘管當年他的功勳盛極一時，如今也被「雨打風吹去」了啊。前面說孫仲謀「英雄無覓處」是主觀的求索，這裡說劉裕「人道曾住」，是客觀的印證，都是對歷史盛衰興亡的感慨。

「金戈鐵馬，氣吞萬里如虎」，這是歷史陳述的概括，也恰與「斜陽草樹，尋常巷陌」相對照，令人有不盡滄桑之感。

過片「元嘉草草」三句，是說宋文帝劉義隆不能繼承父親劉裕的功業，徒然好大喜功。元嘉二十六年，文帝欲經略中原，彭城太守王玄謨獻進兵策，二十七年出兵，然於兵力、餉源，均無充分準備，結果北伐兵敗，弄得張皇焦急的，有北顧之憂，這實在是一個絕大的諷刺，現在韓侂冑為逞私慾，又想孤注一擲，興兵北進，而軍事財政，都沒有適當佈置，稼軒抱有隱憂，遂提出這種警告。「草草」，是草率，隨便了事的意思。狼居胥，山名，一名狼山，在今內蒙古西北部，《史記・衛將軍驃騎列傳》載霍去病追擊匈奴至狼居胥，封山而還，後來人把封狼居胥來代表驅逐胡虜的意思。

「四十三年」以下各句，純寫個人的回憶與身世。烽火，是古時候戰爭傳遞警報的信號，後來就把烽火代表戰爭。「四十三年，望中猶記、烽火揚州路」，是說作者二十三歲那年渡江南歸，看到揚州路上烽火連天的情形。「可堪回首，佛貍祠下，一片神鴉社鼓」，不堪回想的，是魏太武帝拓拔燾的廟裡，烏鴉的叫聲和祭神的鼓聲，響成一片，暗指金朝的宗廟正享受香火，餘勢未衰。「可堪」，是「那堪、不堪」的意思，當年辛棄疾立功沙場，詞中寫著「憶昔鳴髇血汙，風雨佛貍愁」的句子，如今呢？佛貍祠下，社鼓聲高，金人的猖獗可以想見。

末三句自慨年老，但還具有廉頗一樣的雄心大志，可是有誰來問訊？誰來關心呢？廉頗事見《史記・廉頗藺相如列傳》：「趙使者既見廉頗，廉頗為之一飯斗米，肉十斤，被甲上馬，以示尚可用。趙使者還報王曰：『廉將軍雖老，尚善飯，然與臣坐頃之，三遺矢矣』，趙王以為老，遂不召」，詞意是辛棄疾以廉頗自況，希望政府能重用他，可見「烈士暮年，壯心未已」的氣概。

繆鉞論辛稼軒詞時，認為中國最偉大的詩人，須具備三種條件：一、有學問，有識見，有真性情，而襟懷闊遠，抱負宏偉，志在用世；二、境遇艱困，不能盡發其志，而鬱抑於中；三、天才卓絕，專精文學，以詩表現其整個之人格。如屈原、曹植、陶潛、杜甫等，都是代表人物。在宋代詞中，如范仲淹、歐陽修，雖然具備前兩種條件，但他們視詞為餘事，致力不專，僅能表現一部分的人格。至於晏幾道、秦觀，雖天稟高，用力勤，但志量不夠宏偉，惟有辛棄疾既具備第一二種條件，而又以夐異之才，盡抒平生襟抱，所以能傲視詞壇，享名千古。單看這首〈永遇樂〉詞，就知此言不虛了。

這一首詞，借古事以概今，不傷於淺露，在雋壯中，又能沉咽蘊藉，空靈纏綿，是以楊升庵譽為辛詞中第一，《詞潔》也說：「發端便欲涕落，後段一氣奔注，筆不得遏，廉頗自擬，慷慨壯懷，如聞其聲，謂此詞用人名多者，尚是不解詞味」，是不錯的。

辛棄疾另有〈南鄉子〉詞，題為「登京口北固亭有懷」，與前篇〈永遇樂〉是同年、同地、同為懷古的作品，只是此詞風格明快，和〈永遇樂〉沉鬱的情調不同，現在抄在下面，以便並讀：

何處望神州？滿眼風光北固樓。千古興亡多少事，悠悠，不盡長江滾滾流。　年少萬兜鍪，坐斷東南戰未休。天下英雄誰敵手？曹劉，生子當如孫仲謀。（〈南鄉子〉）

水龍吟　登建康賞心亭

楚天千里清秋，水隨天去秋無際。遙岑遠目，獻愁供恨，玉簪螺髻。落日樓頭，斷鴻聲裡，江南遊子，把吳鉤看了，欄干拍遍，無人會，登臨意。　休說鱸魚堪鱠，儘西風，季鷹歸未。求田問舍，怕應羞見，劉郎才氣。可惜流年，憂愁風雨，樹猶如此。倩何人、喚取盈盈翠袖，搵英雄淚。

欣　賞

建康是六朝時期的京城，即今江蘇南京。賞心亭，在建康「下水門」城上，亭下臨秦淮河，北宋丁謂所建築。這首詞，大概是辛棄疾在建康做通判時的作品。

上片首先寫江南平蕪的慘澹秋色，以喚起作者對身世的感慨，和寥落的意緒。起句破空而來，從「水隨天去」中，見清秋無際，從「遠目」中，見「獻愁供恨」的「玉簪螺髻」，從

「落日樓頭，斷鴻聲裡」，見「江南遊子」，純用倒捲的筆法，「無人會，登臨意」，縱開上片，為下片蓄勢，以後愈轉愈奇。

過片三句，用晉張季鷹因秋風起，而思及吳中菰菜羹鱸魚膾的故事，表示出不甘壓抑所引起的矛盾與痛苦，但他雖以季鷹自比，可是卻無法還鄉，又跟季鷹不同，下用「歸未」二字，故作反問，而言其未歸。「求田問舍」三句，逐漸轉深，用劉備與許汜的故實，借題發揮，以抒抑鬱悲傷的意緒。按《三國志・陳登傳》說：「許汜與劉備在荊州牧劉表處共論天下人，汜曰：『陳元龍湖海之士，豪氣不除』。備曰：『君有國士之名，今天下大亂，而君求田問舍，言無可採』」。稼軒這三句，是說正值時代亂離，生靈塗炭的時候，如果還想要求田問舍，真是愧對古代那些有為的英雄。

「可惜流年，憂愁風雨，樹猶如此」。可惜年華空過，耽心經不起風雨，樹尚且這樣，何況人呢？風雨指自然界風雨，也比喻人生憂患。「倩何人」以下十三字，是說請什麼人，叫美麗的女子，來拭乾英雄失意的眼淚啊？這是作者自傷抱負不能實現，得不到同情與慰藉的感嘆，隱隱有項羽的「時不遇兮」之慨。並且，就章法言，結尾數句，應「無人會，登臨意」作結，扣合甚緊，可知稼軒詞縱橫豪宕，而又筆筆能留，字字有脈絡，如果徒視辛詞為真率，就難辭輕率之譏了。

大抵說來，辛棄疾詞的特徵：在形式上，是詩詞散文的合流；在內容上，是題材的廣泛；在風格上，是雄奇與高潔。這首〈水龍吟〉詞風格的悲愴與豪壯，自不待言，至於詞中「江南遊子，把吳鉤看了，欄干拍遍，無人會，登臨意」的句法，則正是詩詞散文合流的範例，類此句法，在稼軒詞中，真是不勝枚舉，如：

人不堪憂，一瓢自樂，賢哉回也。(〈水龍吟〉)

不恨古人吾不見，恨古人，不見吾狂耳。(〈賀新郎〉)

盃，汝來前。老子今朝，點檢形骸。(〈沁園春〉)

請三思而行可已。(〈哨遍〉)

昨夜松邊醉倒，問松：「我醉如何？」只疑松動要來扶，以手推松曰：「去。」(〈西江月〉)

卻道天涼好箇秋。(〈醜奴兒〉)

還記得，夢中行遍，江南江北。(〈滿江紅〉)

何幸如之。(〈一剪梅〉)

都完全是散文的句子，所以他的詞能像散文一樣，暢發議論，這種在形式上的開拓與解放，比較蘇軾的「詞詩」，似乎要更進一層了。

摸魚兒

淳熙己亥，自湖北漕移湖南，同官王正之置酒小山亭，為賦。

更能消、幾番風雨？匆匆春又歸去。惜春長怕花開早，何況落紅無數。春且住，見說道、天涯芳草無歸路。怨春不語，算只有殷勤、畫簷蛛網，盡日惹飛絮。　長門事，準擬佳期又誤，娥眉曾有人妒。千金縱買相如賦，脈脈此情誰訴？君莫舞，君不見、玉環飛燕皆塵土。閒愁最苦，休去倚危欄，斜陽正在、煙柳斷腸處。

欣賞

這首詞作於辛棄疾四十歲時，這時他正由湖北轉調湖南任財糧官。此詞《花菴詞選》題作「暮春」，是借春意的闌珊，來襯托自己的懷才不遇，憑藉暮春景物的烘托，以發抒自己的感慨。

就詞而論，首句更能消三字，是從千回萬轉後倒折出來，真是有力如虎（《白雨齋詞話》），下句「匆匆春又歸去」，已暗伏惜春的根源。「惜春長怕花開早」兩句，癡情得妙，也轉折得妙，上句與吳野人〈詠落葉〉：「何須怨搖落，多事是春風」，有異曲同工之妙，而妙處都在聯想的工夫，因為春萌生而秋肅殺，沒有花開，那有花落，所以，與其怕遭惜春的傷感，無寧教花兒遲開，但這僅是詩人自己的感受而已，萬物消長，皆隨天意，誰能自作主張？下句「何況」一轉，更拈出「落紅無數」，終於把「春又歸去」的事實點出來，越加增人惆悵。

「春且住」是進一步的惜春之情，以下數句，漸由「惜春」到「怨春」，詞意說：聽說芳草鋪到了天邊，遮斷了春天的歸路，春天已盡了，算來只有簷邊的蛛絲網，在整天的沾惹紛飛的柳絮，像是想把春天網住似的。蛛網留春，也是癡人癡語，同時，在意境上，「畫簷」與「蛛網」的對照，更映襯出了一種人事寂寥的感情。

過片是以含蓄吞吐的筆法，抒寫心情，但處處由小山亭前殘春景物惹出，在這裡，以「落紅」、「飛絮」，聯想到古時候那些薄命的紅顏，手法自然高妙。

「長門事」用漢武帝和陳皇后故事，借以比自己的遭遇，以下數句，都從這點發揮。正因為朝政昏庸，所以說「脈脈此情誰訴」；正因為政府這次沒有重用他，所以說「準擬佳期又誤」，都是比興的手法。

「君莫舞」三句，暗示人生榮辱窮通，都是泡影，想必也是自慰之詞，楊玉環是唐明皇的寵妃，趙飛燕是漢成帝的變后，並為美人而善歌舞，當年雖然寵極一時，結果也是化為塵土，其餘還有什麼呢？蓄意悲涼，充滿怨懟。

「閒愁最苦」，總括通篇作意，「休去倚危欄」三句，以景收束，餘味雋永，「斜陽正在，煙柳斷腸處」，有李義山「夕陽無限好，只是近黃昏」之意，令人盪氣迴腸。

〈摸魚兒〉是稼軒壯詞中造境最美的一首詞，通篇用含蓄的筆調，比興的方法，來傷國事，抒壯懷，姿態飛動，極沉鬱頓挫之致；既不僅是豪壯的呼號，也不限於兒女的怨慕，可以說，這是辛棄疾所獨創的一種境界。

陸游詞欣賞

陸游，字務觀，號放翁，宋越州山陰（今浙江山陰）人。十二歲即能詩文，孝宗時任樞密院編修，並得賜進士出身，曾歷任建康府、興隆府、夔州通判。范成大帥蜀，以他為參議官。晚年奉召修國史兼秘書監，寧宗嘉定三年卒，享年八十六歲，有《劍南詩稿》、《渭南詞》、《老學庵筆記》等著作行世。

陸游的詞，清澹沉鬱，許蒿廬說他的詞：「掃盡纖淫，超然拔俗」，劉申叔則說：「逋峭沉鬱，而易之以平澹之詞」，許氏領略出陸詞的清澹，劉氏體味出陸詞的沉鬱，這正是《渭南詞》的風格。

《渭南詞》的風格，隨他一生經歷，而有明顯的演變：放翁早年才情勃發，詞求工巧。中年入蜀，一面飽看雄山奇水，一面感慨時危世亂，於是形成他豪宕奔放的詩風詞格。晚歲楗門退老，嘯吟湖山，而入於閒適恬淡的境界，但閒適恬淡中，卻從不忘對社稷的關懷。

放翁一生，矢志恢復中原，反對議和偷安，是南宋最偉大的愛國詩人。他在詞上的成就，雖不及詩，可是同樣深具愛國精神，下面所舉的幾首作品，或能使我們對他的人品和詞品，

有一個概略的認識。

訴衷情

當年萬里覓封侯，匹馬戍梁州。關河夢斷何處？塵暗舊貂裘。　胡未滅，鬢先秋，淚空流。此生誰料，心在天山，身老滄州。

欣　賞

陸游的一生是和南宋前半期相終始的，他忠於國家、熱愛民族的心情，至死不渝。即使在老病不堪的時候，這種為國戍邊，立功沙場的夢想，也不曾破滅。

起始兩句「萬里覓封侯，匹馬戍梁州」，是說自己離家萬里，單人獨馬到梁州去施展抱負，想建立封侯的功業。從這裡可以想見作者的豪情壯志與英雄氣概。但這一切究竟已是「當年」的事了，當年貂裘寶馬、盤槊橫戈，真是氣撼山河；而如今關山何處？收復河山的好夢已破碎了，當時曾在北地穿的舊貂裘也被灰塵蓋滿了。用辭平澹含蓄，出意卻十分悲憤淒涼。

過片「胡未滅，鬢先秋，淚空流」三句，是說強寇還沒有消滅，鬢髮卻先斑白，只有空垂雙淚了。前兩句對比生情，充滿烈士暮年，壯心未已的氣概。原是「中原北望氣如山」，結果卻落得「老去英雄似等閒」，所以才使愛國詩人灑下了傷心的熱淚。

「淚空流」三字承上接下，綰合前後語意。「心在天山，身老滄州」是全篇的警策處，也是對「胡未滅，鬢先秋」作深一層的感喟。天山在新疆省境內，唐朝大將軍薛仁貴曾在這裡平定回紇九姓，此處借喻立功塞外，為國效力。滄州指水濱，謂隱者所居，晉陸機文：「滄州遁跡」。陸游晚年住在紹興鏡湖邊的三山，所以稱身老滄州。天山滄州兩句，可概括他晚年生活的悲憤情緒和愛國的赤忱與忠貞。我們在放翁的詩集中，更可得到許多佐證，如：「僵臥孤村不自哀，尚思為國戍輪臺。夜闌臥聽風吹雨，鐵馬冰河入夢來」。「死去元知萬事空，但悲不見九州同。王師北定中原日，家祭無忘告乃翁」，都是最具體的證明。

〈訴衷情〉詞，各家選本都有，是放翁的名作。最後兩句寫盡放翁晚年心事，尤其騰喧眾口，這兩句之所以動人，從寫作技巧的觀點來看，用的是「餘憾生情」的手法。過去王湘綺為人傳記，好從不寫意處入筆，並說如此才能曲傳心事，一唱三嘆。其實作詩詞的道理也正復相同，無論抒情言事，如果能洞悉缺陷，寫出莫名的惆悵，那作品一定婉約生情，餘味雋永。杜甫的詩，如〈詠蜀相〉：「出師未捷身先死，長使英雄淚滿襟」，〈詠明妃〉：「千載琵琶作胡語，分明怨恨曲中論」，〈江南逢李龜年〉：「正是江南好風景，落花時節又逢君」，恰能寫出諸葛亮、王昭君與李龜年一生的心事，所以高妙。我們再以陸游的〈示子聿〉詩為例：

儒林早歲竊虛名，白首何曾負短檠。

堪嘆一衰今至此，夢回聞汝讀書聲。

觀放翁一生，早歲折節讀書，希望對國家有些貢獻。壯年心存社稷，希望能被朝廷重用，可是壯志未酬。晚年終以老病致仕乞歸，僅靠祠祿度日，當年的豪情雄心，已漸成雲煙餘影，惟有以酒味花香，湖光樹色自娛而已。曾經因為困躓，且賣掉自己常用的酒杯，幾乎無法維持生活，雖然讀破萬卷，亦復何益？所以詩中感慨的說：平生已深為儒巾所誤，現在午夜夢回，又聽到兒子讀書的聲音，恐怕終也不免要像我一樣蹉跎一世了。詩示子聿，卻正是放翁一生心事，意中蓄蘊悽愴，遺憾無窮，因此感人至深。〈訴衷情〉詞的末二句：「心在天山，身老滄州」，同樣是用這種手法，寫出他對國家深厚關懷，至死不渝的精神，以及英雄老去，不為所用的遺憾，令人讀後盪氣迴腸，一掬同情之淚。

真珠簾

山村水館參差路，感羈游，正似殘春風絮。掠地穿簾，知是竟歸何處。鏡裡新霜空自憫。問幾時，鸞臺鼇署。遲暮，謾憑高懷遠，書空獨語。

自古，儒冠多誤。悔當年，早不扁舟歸去。醉下白蘋洲，看夕陽鷗鷺。菰菜鱸魚都棄了，只換得青衫塵土。休顧，早收身江上，一簑煙雨。

欣賞

這是放翁晚年的作品，吳梅說：「字字馨逸，與稼軒大不相同」。辛稼軒的詞，以超爽雄概為主調，而這闋〈真珠簾〉卻充滿惘惘不甘之情。

放翁早年滿懷雄心壯志，忠貞愛國，所以詩詞亦多激楚雄快。「早歲那知世事艱，中原北望氣如山」，這是何等氣概；「殺身有地初非惜，報國無時未免愁」，又是何等心志？但晚年便漸由慷慨轉為閑適。像這首詞清澹頹放，那裡尋得到早歲的痕跡呢？可真成個「放翁」了。

此詞通篇寫一「歸」字，正與淵明辭去彭澤令，賦〈歸去來辭〉時同一心懷。劉申叔說劍南之詞有道家氣，然此詞雖似有道家出世之思想，卻也未必盡然。蓋放翁本懷用世濟國之志，正是儒者襟懷，這裡之所以云：「悔當年，早不扁舟歸去。」乃是歷盡塵世後的一番感嘆。孔子在周遊列國後，不也有「歸矣！歸矣」之慨嗎？這種「入世」後的「出世」，感受最深，正不可與那種本來就想逃世的人作同日語。這有一比喻，自小便出家當和尚者與在紅塵中打過滾後才遁入空門者，其體會感受可說是迴不相同的。

一首詞的格調不外由人、事、地、時、情五個因素陪襯而成。什麼人、因什麼事、在什麼地方、於什麼時候、懷什麼情感，而發諸吟詠，便會形成什麼格調的作品，其間假如滲入假的成分，便難臻上乘了。所以文學的本質首在一個「真」字。同時，這五個因素假如配合不妥的話，也不能達到調和之美。譬如以一個慷慨激烈的大將，在烽火遍地，戰情危急的時候，還賦出風花雪月之作，不但其情感用得荒謬，而且所表現出來的韻味也不能和諧。給我們的感受是「不得其時、不宜其地、不符其事」，至於這個將軍給我們的印象，恐怕也是那種「戰士軍前半死生，美人帳下猶歌舞」的庸將了。

放翁在作這首〈真珠簾〉時，正是個倦遊思歸，經過宦海浮沉的人，所以開首所安排的地方是個「山村水館」，這四個字一入眼便在我們腦中鉤出一個幽靜清雅的畫面。大凡詩詞開始以景作客觀鋪陳有一個好處——在作者本身來說便顯得用情超遠，半蓄半吐，若開句便一露無餘，其下便不必觀矣。而對讀者來說，一個熟悉的「共象」便很容易為大家接受，若出諸作者主觀的經驗，便很難一下子就被讀者理解。但在運用這種手法時，有一個原則，必須這個景象有利於讀者接著去接受以下所要表現的情感，不然便是在說空話了。因此，底下「參差路」三個字下得相當妥貼，很容易令我們引出「世道紛歧」之感，這正有「因實生虛」的聯想作用。寫景至此，「羈旅倦遊」之懷便自然而生了。緊接著，便為「羈游」作比，「正似殘春風絮」，柳絮隨風，飄盪無著，因此掠地穿簾，竟不知該歸宿何處。則自己一生宦遊，為國奔忙，終了該如何歸止？作此一問，便生出以下無窮的感慨了。

走筆至此，便已完全拉至本身的問題。所以自「鏡裡新霜空自憫」這句開始，至「書空獨語」止，這一小段完全在感嘆自己年華老去。問「鸞臺鼇署」這種官宦生活，聲華鼎盛的日子，能有幾時？轉眼間，鏡裡出現的人影已是兩鬢斑白了，只有空自傷愁。在這「鏡裡流年兩鬢殘」的遲暮之年，又何必再「憑高懷遠，書空獨語」呢？按《世說新語・黜免》載殷浩被廢，終日書空作「咄咄怪事」四字。此處「書空獨語」正用這個典故，但語氣直承「謾」字而來，「謾」假借為「慢」，《廣雅・釋詁》亦訓為「緩」，在這裡可解作「莫」。殷浩終日書空，正是滿懷憤憤之情。莫書空獨語，則一切既已無奈，何不看開？年華老去，是誰也不能免的。所以這一小段可說寫得非常頹放，早年那種「萬里覓封侯，匹馬戍梁州」的壯志竟消沉得毫無痕跡了。

總結前半闋，由景入情，而用情亦自遠而近，由淡而深，而「書空獨語」處已呈衰頹之色。放翁的作品大都「悲而能壯，傷而不頹」，像這般衰頹之語並不多見。

下半闋開始便一語推開，由對本身的感受而推至對古來儒者們的感嘆。既然「自古儒冠多誤」，則自身的際遇純屬必然，更加無可奈何了。杜甫詩云：「儒冠多誤身」，放翁用的正是此語。這種牢騷話雖屬平常，但以放翁對人生體驗之深，說來卻頗老成沉重，與出自未經涉世者的口中，語氣便大不相同了。

既然明知「儒冠多誤」，卻偏偏還是「自許封侯在萬里」，到頭來只有「向暗裡消盡當年豪氣」了。所以便「悔當年，早不扁舟歸去」。到此又重提起「歸」字，為「知是竟歸何處」作答，遙遙應合。底下接著寫扁舟歸去後的情景，那是「醉下白蘋洲，看夕陽鷗鷺」，真是何等閑適？與「鸞臺鼇署」正是一個冷熱的對照，因此更加重「悔」字的力量。到這裡，自己的歸止既已找到，精神也該有個寄託了，所以情感也由傷頹而轉為閒淡。一個人唯有處在希望與絕望之間，才是最痛苦的。真正擁有希望固然快樂，但真正絕望後而超脫出來，也能得到一分安恬與寧謐。不升不降，難退難進，最是痛苦不過了。

《晉書‧張翰傳》云：「張翰，吳人。入洛，齊王冏辟為掾，因見秋風起，乃思吳中菰菜、蓴羹、鱸魚膾，曰：『人生貴得適志，何能羈宦數千里，以要名爵乎？』遂命駕歸。」此詞「菰菜鱸魚都棄了」一句，即用這個典故。

人常為名利而失卻許多原有的樂趣，這也是人類絕大的悲哀。放翁是山陰人，山陰在今浙江紹興附近，正是吳中一帶。菰菜鱸魚是吳中名產，而放翁卻遊宦萬里，故言「都棄了」，到頭來「只換得青衫塵土」，一襲儒衣盡是風塵之色。為了轉眼雲煙的功名，竟拋棄許多原有的愛好，最後才發覺以前所追求的都是一場空，在疲憊之餘，更是滿懷失望。但如今既已決心歸去，便不必再回顧了，只要趁早收身江上，作個自由自在的漁父，對著「一簑煙雨」也自有一種安適之美。結尾非常淡遠，這正是超脫後的情懷。

這首詞通篇透著清逸之氣，以一個歷盡風塵的老人，在歸老之時，對著山村水館，難免要興起榮華幾時之感。在這幾種人、事、時、地、情的因素配合之下，產生出來的作品當然會是清澹閑雅之作了。詩詞寫的是真性情，既然豪氣已消，再挺起佝僂的身子故作壯語，未免有些「色厲內荏」了。所以欣賞詩詞，一定要說雄概如東坡才好，纖麗如淮海便不好，或反過來說淮海好，東坡不好，這都是主觀的偏愛。只要這個作品不失為真、不失為善、不失為美，便是好作品。

卜算子 詠梅

驛外斷橋邊，寂寞無主。已是黃昏獨自愁，更著風和雨。　無意苦爭春，一任群芳妒。零落成泥輾作塵，只有香如故。

欣　賞

〈卜算子〉是詞牌名，「詠梅」才是題目。放翁借歌詠梅花，以慨嘆自己的身世。這可能是放翁因贊助開邊，為流俗譏評時的作品。

「驛外斷橋邊，寂寞無主」，是說一株野梅在驛館外面，斷橋旁邊，寂寞的開著。寫梅花的孤高，同時象徵自己的孤高。驛，是驛站，備驛使及官員宿息換馬的地方。

「已是黃昏獨自愁，更著風和雨」，到了黃昏，梅花孤另另地在發愁，這已是不堪之景，更何況還要受著風吹雨打的摧殘呢？二句強烈暗示自己積極用世的精神，不得施展，反而在政治上到處受到打擊的處境，因此也不免滋生了幾分消極的，孤高自許的成分。所以下面說：「無意苦爭春，一任群芳妒」。不與百卉爭妍鬥麗，不理會凡花的嫉妒，正是放翁的心情。但寓意中，也流露出無限苦楚。

末二句「零落成泥輾作塵，只有香如故」，寫梅花勁節，即使凋謝辭柯，飄落到地上，變成了泥土，輾作了塵埃，但她的香味還是依舊不變的。這恰是放翁不肯淈泥揚波，與世合流的寫照。

全詞借物寓言，上片寫梅花的孤高與處境，下片寫梅花的心意與勁節，寫梅即寫放翁自己，物我之相，合而為一了。

自來詠梅的作品很多，因為梅花不爭春豔，與雪寫情的精神，原就具有詩意。梅花開在臘月，籬落橫枝，明妝楚楚，加上那冷澹清癯的面目，高舉堅貞的風格，名家收入詩篇，真覺冷香滿紙。除了陸游這闋〈卜算子〉外，下面再列舉幾首名家詠梅的作品，以供譚助，然其中多屬詠物之作，能做到放翁那種物我相泯的境界的，卻不多見。

山園小梅　林逋

眾芳搖落獨暄妍，占盡風情向小園。疏影橫斜水清淺，暗香浮動月黃昏。霜禽欲下先偷眼，粉蝶如知合斷魂。幸有微吟可相狎，不須檀板共金尊。

紅梅三首錄一　蘇軾

怕愁貪睡獨開遲，自恐冰容不入時。故作小紅桃杏色，尚餘孤瘦雪霜姿。寒心未肯隨春態，酒暈無端上玉肌。詩老不知梅格在，更看綠葉與青枝。

詠梅　張道洽

纔有梅花便不同，一年清致雪霜中。疏疏籬落娟娟月，寂寂軒窗澹澹風。生長元從瓊玉圃，安排合在水晶宮。何須更探春消息，自有幽香夢裡通。

梅花九首錄一　高啟

淡淡霜華濕粉痕，誰施綃帳護香溫。詩隨十里尋春路，愁在三更挂月邨。飛去只憂雲作伴，銷來肯信玉為魂。一尊欲訪羅浮客，落葉空山正掩門。

姜夔詞欣賞

宋朝南渡後十餘年，宋金和議已成，南宋得到了江南一帶的財富，都會生活漸趨繁華，朝野上下，對靖康的國恥，似已澹忘，又過著那種偎紅倚翠的生活了。

由於社會經濟的繁榮，這時的詞風，隨著時代的轉變，也有急遽的變化，辛棄疾在詞中所叫出來的慷慨激昂的呼聲，已被當日的管絃所掩蓋，而由周邦彥建立的古典詞派，又再度復活起來。這一派的作家，注重詞中音調的諧婉，辭句的精美，結構的完密，卻缺少活躍的生命與性格。被譽為「南渡一人」的姜夔，就是這一時期的代表作者。

姜夔，字堯章，自號白石道人，江西鄱陽人。他的性格不塵俗，人品也雅潔清高，一生不仕，以布衣終身，曾遊歷湘鄂贛皖江浙一帶，經常沉浸於波光水色中，又與當時名家如辛棄疾、范成大、楊誠齋、蕭東夫等人，交遊唱酬，備受推崇，最後死於西湖。他在文學藝術上，具有多種才能，是詩人、詞家，又是書法家、音樂家，而其中以詞的成就最大，有《白石道人歌曲集》行世。

白石的詞，皆清空如話，一氣旋折，辭句雋澹，筆力遒健，他詞風的特徵，約略言之，約有三點：

一、審音協律：白石不僅通諳樂理，同時是善自吹奏的音樂家，他的松陵小詩：「自作新詞韻最嬌，小紅低唱我吹簫」，就是明證。所以白石詞中也嚴於音律，他在〈長亭怨慢序〉中說：「余頗喜自製曲，初率意為長短句，然後協以律，故前後闋多不同」。又在〈暗香序〉中說：「使工妓隸習之，音節諧婉，乃命之曰暗香疏影」。由此可知他作詞時對聲律的重視。

二、工於鍊字：白石詞對於用字造句，確已做到斲損錘鍊的工夫，所以集中時有精微深細，圓美醇雅的句子，如：「嫣然搖動，冷香飛上詩句」（〈念奴嬌〉）、「長記攜手處，千樹壓西湖寒碧」（〈暗香〉）、「誰念我、重見冷楓紅舞」（〈法曲獻仙音〉），這些都是經過月鍛季鍊的佳句，絕非脫口而出所能做到的，我們細細揣摩，自自可領略鍊字的消息。

三、意境清空：白石詞氣體的超妙，格調的高遠峭拔，有時連周美成也作不到，戈順卿說：「白石之詞，清氣盤空，如野雲孤飛，去留無跡」。劉融齊說：「白石詞幽韻冷香，令人挹之無盡，擬諸形容，在樂則琴，在花則梅也」。都能道出姜夔詞的特徵。不過，有時造境過於含蓄，又喜雕琢字句，貪使典故，以致使詞旨削弱流於空泛，情趣反而減少了，他最有名的〈暗香〉、〈疏影〉兩闋，就犯了這個病。

下面仍沿往例，舉出白石詞的幾首代表作來，便於欣賞：

點絳脣 丁未冬過吳松作

燕雁無心，太湖西畔隨雲去。數峰清苦，商略黃昏雨。　第四橋邊，擬共天隨住。今何許？憑欄懷古，殘柳參差舞。

欣賞

這首詞是作者在宋孝宗淳熙十四年，道經吳松至蘇州時作的。白石長調之妙冠絕南宋，而此短章，想也不是一般詞家所能企及的。

通首詞沒有鉤章棘句的筆法，只用淺字清語來寫眼前景物，趕至結處，才說出：「今何許？憑欄懷古」，感時傷事，並藉「殘柳參差舞」的蕭瑟景象，來比喻詠嘆，使無窮哀感，都在虛處，這正是白石詞「清空」的特徵。

在〈點絳脣〉詞中，最膾炙人口的句子，恐怕是：「數峰清苦，商略黃昏雨」，卓人月說：「商略二字誕妙」，設詞空泛，並未道出妙處。其實數峰兩句，是用假擬的手法，以群峰擬人，說他們寥落清苦，像在薄晚的細雨中，商議著什麼，無情而有情，以假擬入妙。因此，下面附帶談談修辭學中的假擬法。

假擬乃是感情高漲的結果，而將無情物寄以靈性，託為有情的方法。詩人在凝神觀照之際，心中只有一個完整而孤立的意象，無比較、無干涉，僅有一時的直覺觀感，渾忘事實上的真知灼見。人情與物理互相滲透，情趣與意象往復交流，於是星月、風雨、草木、山川等這些死板的東西，我們往往賦予他們感情、意識與動作，這種以人情衡物理的現象，美學家稱之為「移情作用」，表現在詩人的筆下，則青山點頭，黃花招雨，鷗記舊約，燕剪春愁，初看都似乎於理不通，然而在寫情方面，翻成佳趣，從修辭學上來說，這就是假擬法。

古人詩詞中，這類「以我寓物，即物以見我」的作品特別多，如張南史〈陸勝宅秋雨中探韻〉詩：「已被秋風教憶鱠，更聚寒雨勸飛觴」，金聖嘆批評說：「已被風教，妙；更聞雨勸，妙；寫得風雨一片情理，一段興致」，金聖嘆之所以讚賞不已，是因為詩中教字、勸字，分明都是屬於人的行為，不過由於移情作用，已使人的情趣，與風雨的意象，契合無間了。

清鄭海藏有一聯：

> 亂峰出沒爭初日，殘雪高低帶數州。

上句描寫亂山之間，朝日東升的景色，如果以「東山日出」或「旭日東升」來形容，就顯得造境平庸，不夠警策了。亂峰句卻情景交融，生動異常，「出沒」二字，已含動態，亂峰與初日原無干涉，妙在詩眼著一「爭」字，突然逼活全句，把峰勢起伏，爭迎初陽的景象，寫得栩栩如生。

又如清人彭孫遹的「落花一夜嫁東風，無情蜂蝶輕相許」。其中「嫁」字與「許」字，都是假擬詞，因為按照物理來看，落花何得云嫁？蜂蝶又豈解許身？又王荊公〈書湖陰先生壁〉詩：「一水護田將綠繞，兩山排闥送青來」，水瞭解將綠護田，山知道推門送青，都是由於作者內在的移情作用，而將外在的死物化為有思想、有動作的活物。唐人萬楚曾有意將「眉黛有如萱草色」的「有如」，改為「奪將」，把「裙紅好似石榴花」的「好似」，特地改為「妒煞」，可見他早已領略到假擬生趣的妙處了。

近人陳介白《修辭學講話》，將假擬法分為三類：第一是以冠於有情物的形容詞，冠於無情物（如杜甫〈漫興〉「顛倒柳絮隨風舞，輕薄桃花逐水流」）。第二是進而全然將無生物視作有生物，且儼然有人類同樣的動作（如王冑詩「庭草無人隨意綠」）。第三是更將無生物化為人類，其言談一如人類，無別異可尋（如辛稼軒〈祝英臺近〉「是他春帶愁來，春歸何處？卻不解帶將愁去」）。這三種方法，在程度上或許有深淺的差別，而在假擬的本質上，則是一致的。姜白石「數峰清苦」二句，就是近於第三類假擬法的詞例。

對於白石的詞，王靜安似有微辭，他在《人間詞話》中曾說：「白石寫景之作，如：『二十四橋仍在，波心蕩、冷月無聲』、『數峰清苦、商略黃昏雨』、『高樹晚蟬、說西風消息』，雖格韻高絕，然如霧裡看花，終隔一層。」按王氏論境界有「不隔」與「隔」的分別，他認為「語語都在目前」，便是「不隔」，「霧裡看花」，便是「隔」，凡隔者必不真實，必不是真景物真感情，境界自然不高。這種論斷恐怕有商酌的餘地，「不隔」的作品，固然有血有肉，而「隔」的作品，也別有一種恍惚迷離的情致，「隔」與「不隔」，我們只可視之為藝術家的創作風格，卻不應該涉及任何價值的評斷。千佛山的風景幽美，映在大明湖的千佛山倒影，又何嘗不美？李白的「三山半落青天外，二水中分白鷺洲」，固然騰喧眾口，李商隱的「一條雪浪吼巫峽，千里火雲燒益州」，又何曾遜色？其中的道理是一樣的。

姜白石的「數峰清苦，商略黃昏雨」、「高樹晚蟬，說西風消息」諸句，用的都是極高的假擬手法，雖然悖真離實，但卻能物我相契，把想像發揮到最大限度，說他的詞如「霧裡看花」，是不錯的，說他因此而境界不高，「終不能與於第一流之作者」（見《人間詞話》），就未免存有偏見了。

揚州慢

淳熙丙申至日，予過維揚。夜雪初霽，薺麥彌望。入其城則四顧蕭條，寒水自碧，暮色漸起，戍該悲吟。予懷愴然，感慨今昔。因自度此曲。千巖老人以為有〈黍離〉之悲也。

淮左名都，竹西佳處，鮮鞍少駐初程。過春風十里，盡薺麥青青。自胡馬窺江去後，廢池喬木，猶厭言兵。漸黃昏，清角吹寒，都在空城。杜郎俊賞，算而今、重到須驚。縱豆蔻詞工，青樓夢好，難賦深情。二十四橋仍在，波心蕩、冷月無聲。念橋邊紅藥，年年知為誰生！

欣 賞

這首詞是白石早年的作品，寫揚州城遭受金人掠奪後的淒涼的景象。語調頗為悲愴沉鬱，讀來有不勝今昔之感。所以千巖老人（蕭德藻，字東風，姜夔是他的姪女婿）稱這首詞有〈黍離〉之悲。《詩經・黍離篇》正是寫周朝的志士見故園舊宮長滿禾黍，而悲淒浩嘆，徘徊不忍去的情形。這與白石見故都遭難的心情毫無二致。想像姜白石面對破敗的揚州城唱這闋詞時的神色心緒，當和商朝箕子對著王宮故址悲吟「麥秀漸漸兮，黍離油油」一樣，愛國之情躍然紙上。

前面說過，白石是南宋詞家中格律派的代表，刻意追求聲律，同時喜歡以古人詩句入詞，更喜用典，在格調上與柳永的白描筆法顯有不同。也正因為他極力主張含蓄、寄託，因而造成晦澀難懂，而缺少豪邁超逸之氣。但讀了這首〈揚州慢〉後，或許有人會不以為然，這就可看出白石早期的作品和他的晚作顯有不同之處。但像這種情懷坦暢，直舒悲愴，而明白地

反映當時社會情景的作品，在白石的詞中並不太多，這又是他與辛稼軒截然不同的地方。

細讀這首詞，其關鍵經緯全在時空的轉移，這也是寫懷古或悼念文章的不易法門。在這裡，我們可以說整首詞反覆吟詠，就在寫小序中「感慨今昔」這四個字。據鄭立焯校《白石道人歌曲》說：「紹興三十年，完顏亮南寇，江淮軍敗，中外震駭，亮尋為其臣下殺於瓜州。此詞作於淳熙三年，寇平已十有六年，而景物蕭條，依依有廢池喬木之感。此與〈淒涼犯〉當同屬江淮亂後之作。」依時間看來，揚州遭受兵難已有兩次之多，短短數十年之間，被金人鐵騎蹂躪兩次，其殘破情形可想而知了。

此詞開頭由揚州佳處寫起，自「淮左名都」讀到「盡薺麥青青」，則揚州舊時那種繁華的景象就在讀者腦中構成一幅很美的圖畫，而作者卻在此時突然煞住，筆端一挫，回提到「胡馬窺江」，點出揚州已遭過兵難，如此一來，起先構成的那幅美景，就此一筆擊碎。緊接著「廢池喬木，猶厭言兵」兩句，又另鉤出一幅蕭條的景象。這種迴流急轉的筆法，開闔動盪，給人是一種極突然的感覺，世勢炎涼之氣直逼心頭。清陳廷焯《白雨齋詞話》說：「『猶厭言兵』四字，包括無限傷亂語，他人累千百言，亦無此韻味。」由此可見白石練字鍛句的工夫是夠深的。再接下去，「漸黃昏，清角吹寒，都在空城」三句，又補足了揚州城亂離後的荒涼，一個「空」字，已說盡一切了，語意越來越悲，情景越來越蕭疏，到這裡，便造成讀者極端低

潮的心緒，簡直是萬般寂寥了。總結上片，以愉快、憂鬱兩種不同的景象和心懷對比描繪，充分發揮了藝術的感染力量，愉悅怨愁一時齊至，真正已達到情景交融的境界了。

下片寫的是作者對揚州城戰亂後那種無奈與淒涼的感受，這種感受是作者本身直接的體會，與上片站在客觀立場描刻的筆法又自不同。上片整個是作者將所見的情形告訴讀者，自己不作任何表示，是一種「意在言外」之筆，而下片卻是作者自以杜郎為比，說縱有「豆蔻詞工」之妙筆，也難舒胸中那股「感觸」，語意無聊之甚。而今所見只是「二十四橋仍在，波心蕩、冷月無聲」，因此「念橋邊紅藥，年年知為誰生」這一串詞句，雖顯得清淡，但那種沉痛卻不是厲呼悲叫之筆所能比的。同時恰好回應「重到須驚」一句，把「驚」字寫到極處了。在這裡，我們再特別看看白石的鍊字工夫，《詞潔》云：「『二十四橋仍在，波心蕩、冷月無聲。』是『蕩』字著力。所謂一字著力，通首光采，非鍊字不能，然鍊亦未易到。」鍊字精深，確是白石詞中特點之一。

通觀全首，時空轉換突起突落，而心懷忽悲忽喜，唯極喜處倏然轉悲，才能見其悲愁的深刻。這是作者善於把握一個人心態變化的現象，也是此詞成功之處。

踏莎行

自沔東來，丁未元日至金陵，江上感夢而作。

燕燕輕盈，鶯鶯嬌輭，分明又向華胥見。夜長爭得薄情知？春初早被相思染。別後書辭，別時針線，離魂暗逐郎行遠。淮南皓月冷千山，冥冥歸去無人管。

欣賞

這首詞是姜白石在宋孝宗淳熙十四年元旦，從湖北襄陽到金陵後，在江上因夢抒懷的作品。起始三句，寫佳人入夢，四句以下，寫夢後惆悵的心情。

首次兩句藉鶯燕比喻佳人(蘇東坡詩：「詩人老去鶯鶯在，公子歸來燕燕忙」，也是借喻)。輕盈嬌輭四字，摹寫玉人的體態與笑語，入木三分。第三句「分明又向華胥見」，點醒「江上感夢」的題旨。「華胥」一詞見《列子》：「黃帝晝寢而夢，遊於華胥之國」。夜長春初兩句，擺落觀境，翻從對面著筆，懸想佳人魂牽夢縈的深情。

過片以下，是對那不能釋懷的情愛的追憶，摒除浮豔的情調，沒有絲毫猥褻的成分，「別後書辭，別時針線」，都是眼前事，尋常語，一入白石筆下，卻又深情婉轉，不可具說。結句寫照遍淮南、冥冥歸去的冷月，以景收束，雅得神韻。

詩詞結句最忌板滯，謝榛《四溟詩話》說：「結句當如撞鐘，清音有餘」，真可謂以金針度人，不過想做到「清音有餘」，必須在通篇抒情的詩詞中，以景收煞，才能達到「無包括之痕，而有圓合之趣」的境界，如謝氏〈初賦俠客行〉：「笑上胡姬買酒樓，賭場贏得錦貂裘。酒酣更欲呼鷹去，蹴下黃金不掉頭。」後來覺得不妥，再三斟酌，遂改為：「天寒飲罷酒家樓，蹴下黃金不掉頭。走馬西川射猛虎，晚來風雪滿貂裘。」細讀兩詩，後作較勝，因為前詩結句，如爆竹一聲而無餘音，後作「晚來風雪滿貂裘」，則以景束筆，宕石遠神。詞家亦須參此機，姜白石的「淮南皓月冷千山，冥冥歸去無人管」，正得其中三昧，所以王靜安要說，白石的詞，他最喜愛這兩句了。

吳文英詞欣賞

吳文英，字君特，自號夢窗，晚號覺翁，宋浙江四明人。紹定中，入蘇州倉幕，景定時，客榮王邸，曾受知於丞相吳潛，常往來蘇杭間，但由他的作品看來，生活並不得意，有《夢窗甲乙丙丁稿》四卷，約存詞三百餘首。

夢窗的詞，用筆幽邃，運意深遠，雖滿眼雕繢，而字裡行間，實存靈氣。然歷來評隲，互有低昂，對他備致推崇的如：

尹惟曉說：「求詞於吾宋，前有清真，後有夢窗。此非煥之言，天下之公言也。」

周止庵《介存齋論詞雜著》說：「夢窗每於空際轉身，非具大神力不能。」又云：「夢窗非無生澀處，總勝空滑，況其佳者，天光雲影，搖蕩綠波，撫玩無斁，追尋已遠。」

陳亦峰說：「夢窗精於造句，超逸處則仙骨珊珊，洗脫凡豔。幽索處則孤懷耿耿，別締古歡。」

周爾墉說：「於逼塞中見空靈，於渾樸中見勾勒，於刻劃中見天然，讀夢窗詞當於此著眼」。當然，另一方面對夢窗詞有微辭的也不在少數，如：

「夢窗詞如七寶樓臺，眩人眼目，拆碎下來，不成片段」。（張炎《詞源》）

「夢窗深得清真之妙，其失在用事下語太晦，人不可曉」。（沈義父《樂府指迷》）

「夢窗四稿中的詞，幾乎無一首不是靠古典與套語堆砌起來的」。（胡適《詞選》）

以上諸家所論，可謂辯說紛紜，莫衷一是，有的自屬輕率不倫，有的則難免誇稱溢量。

其實夢窗詞的風格，可從他對於詞的主張中，略見端倪，他說：

「音律欲其協，不協則成長短句之詩。下字欲其雅，不雅則近乎纏令之體。用字不可太露，露則直突而乏深長之味。發意不可太高，高則狂怪而失柔婉之意」。（見《樂府指迷》）

這些議論，都在他的詞裡，更加以強化，因此，吳詞的特點是：重協律、崇典雅、貴含蓄、尚委婉。用字則綿密妍麗，錘鍊精純，章法則起結適度，收縱自如。飛沉起伏，穠麗清空，加上解首協律，讀去自然格外和諧悅耳。但由於他「聲意並重，故豪氣不如蘇辛，字句蘊婉，則淺約略遜淮海，發意適度，格調乃介乎周柳，詠物工鍊，逸氣遂亞於白石」（見黃少甫《夢窗詞校訂箋注序》），可是若論四旨兼顧，夢窗能夠做到恰如其分，這又非上述諸人所能匹敵的了。我們可以說：兩宋格律古典的詞，到夢窗時，發展可算已經到了極點。

同時，葉嘉瑩教授在他作的《迦陵談詞》中，拆碎七寶樓臺，詳談夢窗詞的現代觀，認為吳詞有兩點特色，其一是他的敘述往往使時間與空間為交錯之雜揉；其二是他的修辭往往但憑一己之感性所得而不依循理性所慣見習知的方法。這也是他揚棄傳統而近乎現代化的可貴之處，由於葉教授的反覆論證，更確定了夢窗在詞壇上不朽的地位。下面我們舉兩首他的作品來欣賞：

齊天樂 與馮深居登禹陵

三千年事殘鴉外，無言倦憑秋樹。逝水移川，高陵變谷，那識當時神禹。幽雲怪雨，翠萍濕空梁，夜深飛去。雁起青天，數行書似舊藏處。寂寥西窗坐久，故人慳會遇，同翦鐙語。積蘚殘碑，零圭斷壁，重拂人間塵土。霜紅罷舞，漫山色青青，霧朝煙暮。岸鎖春船，畫旗喧賽鼓。

欣賞

前面提到過，將時間與空間，現實與假想錯綜運用的方法，正是夢窗詞的特色，而這闋〈齊天樂〉恰足以作為範例。

在欣賞〈齊天樂〉詞之前，我們正好藉機會先瞭解一下關於時空變化的問題。注意時間與空間的運用，本是詩詞最基本的寫作原則，試以杜甫〈秋興八首〉為例；空間為題目所及之境，因秋在夔州，所以江間峽口，山郭孤城，鳥道極天，猿聲下淚，皆為夔府所有，不得移至他處。時間為題目所當之候，因為興由秋發，所以蓮露菰波，荻花楓樹，清秋飛燕，八月隨槎，都是三秋之時，不可移到春冬。但僅只如此還不夠，尚須留意時空的壓縮與變化。固定的時空關係，仍覺板滯，而善壓縮、善變化者，即縱橫千里，往來古今，都可以在筆底往復低徊，掩抑生姿。

關於空間的壓縮，假如僅就其作為一般性的創作技巧而言，那是由來已久的事，尤其是中國文字，由於構造上的特殊，文學作品，特別是詩詞，差不多自始就廣泛地運用此法，一首絕句或一闋小令，最多也不過幾句，卻可以表現出一個完整的意境。情感與思想，而又言有盡而意無窮，當然是極盡壓縮之能事。

在一首詩中，一切不同的面都被壓縮在一個平面上，空間的遠近被拼湊在一起，這就是所謂的空間壓縮，如張嶠詩：「夜火山頭市，春江樹杪船」，這兩句實已隱含有角度的存在，如果身在山頭，決不會有「山頭市」的感覺，同樣，站在本地，也不會有「樹杪船」的印象，其所以如此，是因為作者省卻了游移的距離，而將遠近高低的空間，壓縮在一個詩面上了。倘更進一層，甚至可使壓縮的空間，作活的摹寫，如東坡詩：「平淮忽迷天遠近，青山久與船低昂」。唯因平淮無波，才覺遠近莫辨，然而舟行低昂，則又必在有山有浪之處，兩句以動景暗示行舟歷程與沿途景色，真是極盡壓縮之妙了。

至於時間變化，倘能運用得宜，發為感慨，最能搖盪心靈，否則如枯井死波，無復漣漪。譬諸杜甫的〈八陣圖〉：

功蓋三分國，名成八陣圖。
江流石不轉，遺恨失吞吳。

第一二兩句寫諸葛孔明登峰造極的勳業，並肯定了大功大名在人世間的榮耀與價值。但第三句一轉，如大江傾瀉，使時間空間突然改變，成為歷史時間的「三分國」，與當年矗立空間，巍巍雄壯的「八陣圖」，隨著時間的流動，如今只剩下一片江流殘石了。可是第四句忽又回到歷史，儘管「遺恨」和「功名」在意義上是相對的，但卻遙遙呼應，於是在時間往復的變化中，使讀者體認到榮名的虛浮與人生的悲劇。又如李義山的〈夜雨寄北〉詩：

君問歸期未有期，巴山夜雨漲秋池。
何當共剪西窗燭，卻話巴山夜雨時。

「君問歸期」，從語氣上揣摩，顯然是「過去」的事。而今巴山聽雨，水漲秋池，這當然指的是「現在」。剪燭兩句，遙企共話西窗，閑敘今日夜雨情景，這是懸想「將來」，全詩明縱暗收，時間游移，所以有味。

我們之所以不惜浪費篇幅，徵引實例，來討論時空的問題，主要是想說明夢窗詞在敘述上，使用時空交錯雜揉的方法，是正常而高明的，絕非像前人所言：「拆碎下來，不成片段」，更不致譏議他「一會兒說鑾腥和吳苑，一會兒又在咸陽送客了」（胡適《詞選》）。同時，有了這點瞭解，對於欣賞這闋〈齊天樂〉詞，也會有很大的助益。

夢窗這首詞，題為「與馮深居登禹陵」，按《絕妙好詞箋》：馮去非，號深居。又《宋史》列傳：馮去非，字可遷，南康都昌人，淳祐元年進士。觀詞意，知兩人私交甚厚。禹陵即禹王之陵也，據《大明一統志．紹興府志》載：「夏禹王陵在會稽山禹廟側，宋乾德中嘗復會稽縣五戶，奉禹陵，禁樵採」，這闋詞是夢窗登臨有感而作。

起句「三千年事殘鴉外」，氣象闊大，籠罩全篇，而古往今來，時間空間，都溶匯在這七字之中。三千年是時間，殘鴉為登臨所見，是空間。殘鴉已隔蒼茫，而三千事更在殘鴉之外，予人以邈遠寥漠之感，且古今盛衰興廢的滄桑，也蘊藏其中，寓意深遠。前人譽「大江流日夜」是工於發端，其實較諸夢窗此句，應該大有愧色了。

以下「逝水成川，高陵變谷，那識當時神禹」三句，與首句呼應。三千年來，無限滄桑，當時禹蹟，已成荒邱毀圮，世事如此，正所以要倚樹無言了。這幾句與上片末二句「雁起青天，數行書似舊藏處」，同是寫眼前景寄慨。

但中間「幽雲怪雨，翠蓱濕空梁，夜深飛去」三句，卻如高山墜石，不知其來。據《紹興府志》載云：「梅梁，在禹廟。梁時修廟，忽風雨飄一梁至，乃梅梁也」，又葉嘉瑩教授《迦陵談詞》引陸游序本南宋《嘉泰會稽志》所載：

> 禹廟在縣東南一十二里……梁時修廟，唯見一梁，俄風雨大至，湖中得一木，取以為梁，即梅梁也。夜或大雷雨，梁輒失去，比復歸，水草被其上，人以為神，縻以大鐵繩，然猶時一失之。

根據這段記載，知道夢窗所用故事，為禹廟神話，且「水草被其上」，恰使「翠蓱濕空梁」一語有了出處。將這幾句懸想之言，放置詞中，正用的是時空壓縮的手法。

過片三句用李商隱翦燭西牕事，寫故人情深，良覿不易，感慨人事的離合。翦燈相語，原是夜景，以下陸接「積蘚殘碑，零圭斷壁，重拂人間塵土」，回寫日間登臨所見，雖寫日間登臨所見，實又是挑燈夜話時所生的悵觸，於是，白晝與黑夜，自己的情愫與三千年變遷，都交揉融合，無二無別，這裡不但具時空變化，簡直已臻情景交融的境界了。

其後「霜紅罷舞，漫山色青青，霧朝煙暮」，忽又橫筆宕開，新造一境，同時，在尋常寫景中，自具深意。我們知道，兩間萬象，動變不居，花開花落，春去秋來，原是不可避免的事，誰能抗拒時序的推遷？亙古不變的唯有青山碧水，月色灘聲而已。因此，「霜紅」、「青山」，對映成趣，託意深遠，並含有一種超脫塵外的思想。

結二句「岸鎖春船，畫旗喧賽鼓」，也很突兀，前面說「秋樹」，說「雁」，說「霜紅」，都不離「秋」字，此處忽寫「春船」，似乎於時不合，其實「岸鎖」兩句，振起全篇，不但暗射古往今來，時移節替的無可奈何，並且，更說明禹陵雖然只賸下「積蘚殘碑，零圭斷壁」，但民心仍深念禹功，年年春祀，旗鼓喧嘩，而禹王精神，正如青青山嶂，永峙人寰。

再者，「霜紅罷舞」以下五句，可謂雅得收結之妙，沈義父說：「結句須要放開，含有餘不盡之意，以景結情最好」，夢窗這幾句，由情事忽入景物，所以能宕出遠神，周濟《介存齋論詞雜著》讚美夢窗詞說：「撫玩無斁，追尋已遠」，是不錯的。

唐多令

何處合成愁，離人心上秋。縱使芭蕉不雨也颼颼。都道晚涼天氣好，有明月，怕登樓。　年事夢中休，花空煙水流。燕辭歸，客尚淹留。垂柳不縈裙帶住，漫長是，繫行舟。

欣　賞

夢窗的詞，屬辭典雅，用字奇險，幾乎是公認的事實，如「箭徑酸風射眼，膩水染花腥」（〈八聲甘州〉），「醉雲又兼醒雨，楚夢時來往」（〈解蹀躞〉），「空翠染雲」（〈蕙蘭芳引〉），「山色誰題，樓前有雁斜書」（〈高陽臺〉），「飛紅若到西湖底，攪翠瀾總是愁魚」（同上）等句，都能爭奇創新，妙到毫顛。但吳詞也有清適澹雅的句子，如「落絮無聲春墮淚，行雲有影月含羞」（〈浣溪紗〉），「一曲伊州，秋色芭蕉裡」（〈點絳脣〉），「瘦不關秋，淚緣輕別，情消鬢霜千點」（〈法曲獻仙音〉），「最清楚，帶明月自鋤，花外幽圃」（〈掃花遊〉）等，俱能洗脫凡豔，特立清新之意。夢窗這首〈唐多令〉詞即屬於後者。

這首詞純用白描手法，不用故實，不事雕琢，自有情致。張炎對吳詞向有成見，可是對這首詞卻特別垂青，說是「疏快而不質實」。張炎論詞主「清空」，並說：「詞要清空則古雅峭拔，質實則凝澀晦昧」，他認為〈唐多令〉「不質實」，已表示對此詞的偏愛了。

本詞黃昇《花庵詞選》題作「惜別」，是一首客中送別的作品。上闋恨別，下闋懷歸，加上中間有季節景物的襯托，很能曲傳心事。

開首兩句「何處合成愁，離人心上秋」，有意將「愁」字分拆為「心」「秋」二字（心上秋本也具有愁的意義），在修辭學上，這種離合字形以為譬喻的方法，稱為「字喻法」，例如古詩：「利旁有倚刀，貪人還自賊」，離去「利」字偏旁；「藁砧今何在，山上復有山」，又

合兩「山」為「出」。諸如此類之字喻，多半容易流於做作，但〈唐多令〉詞全由心、秋兩字輻湊成章，因此「何處」二句，一點不覺得生硬。

第三句「縱使芭蕉不雨也颼颼」，承上得意，寓愁於景。人在懽愉時，會覺得好花媚人，遠山含笑，萬物生意盎然，一旦悲從中來，則慘霧愁雲，滿目蕭瑟，因此，縱使芭蕉無雨，然因風颼颼作響，也生動萬種淒涼，這種淒涼的感覺，卻是由於離人心中的岑寂所引起的。下面「有明月，怕登樓」，與上句同一機杼。明月之夕，最富詩意，原是朋儕品茗酌酒的大好時光，但離人登樓，望見曾經照過良會綺筵的皎皎明月，不免益增愁緒，倒翻不若無月的好。李義山詩：「縱使有花兼有月，可堪無酒又無人」，近人詩：「有月愈增宵寂寞」，都有一樣的惆悵。「有明月」六字，看似尋常，然而非有至情，不能輕易道出。

下片「年事」，指過往的光景，說「夢中休」，可見光陰流逝之無情。第二句用花空水流對上句再作具體的補述，兩句之間如果加上「如」字，意義就更明顯了，這叫「直喻」（杜牧詩：「娉娉嫋嫋十三餘，荳蔻梢頭二月初」，手法相同）。所謂譬喻，乃是因吾人心中的原意象，沒有既成的觀念，不易表現，於是藉與原意象有共同點的某事物，而這個事物恰有既成的觀念，因此我們就以這個事物來表現原意象，如「有女如花」、「似水流年」，都是用譬喻。夢窗為了抒寫韶光流逝的悵觸，故藉「花空」、「煙水流」兩個具象來譬喻，以說明美景之不常，與離人心上的恍惚。

「燕辭歸，客尚淹留」句，從曹丕〈燕歌行〉：「群燕辭歸鵠南翔，念君客遊多思腸。慊慊思歸戀故鄉，君何淹留寄他方」脫出，「燕辭歸」與「客淹留」當句對比，燕歸人不歸，真是作客竟不如候鳥了。最後「垂柳不縈裙帶住」三句，是說垂柳綰不住人，卻老是空費心思繫住行舟。一片羈愁別緒，情致非常深婉。

全詞以「愁」字為樞軸，芭蕉颼颼的淒涼，是愁緒引起的感覺，「有明月，怕登樓」，是恐怕招惹愁思，過片兩句，抒寫心中的愁，「燕辭歸」以下，純寫羈愁。通首無一生疏字，無一冷僻典，深情婉轉，全在言詞之外，讀了這闋詞，「拆碎不成片段」的譏誚，可以不攻自破了。

史達祖詞欣賞

纖綃泉底去紛埃，省吏翩翩絕世才。
具有錦囊幽豔筆，固應平睨賀方回。

這是江賓谷論史達祖的詩，的確能道出史詞的佳處。史詞無論修辭造句，都深具唯美文學的本色，能作到妥帖輕圓，辭情俱到的境界，所以張公甫也稱讚他的詞說：「有瓌奇警邁，深新閒婉之長，而無訑蕩汙淫之失，端可分鑣清真，平睨方回。」相信這不是過譽之詞。

史字邦卿，號梅溪，宋河南開封人，他曾作過權奸韓侂冑的僚屬，掌文書，頗有權勢，後來韓敗，他也被黥死，這是他一生最大的汙點。

雖然史達祖的人品不高，可是他的詞在南宋詞壇卻有崇高的地位，其詞風上承周邦彥，與姜白石、吳夢窗相近，著有《梅溪詞》一卷，約百餘首。他的詞多沾溉清真的膏馥，典雅工巧，長於詠物，有時用白描手法，寫得奇秀清逸，卓人月《詞統》云：「不寫形而寫神，不取事而取意，白描高手。」陳廷焯也說：「白石梅溪皆祖清真，白石化矣，梅溪或稍遜焉，然高者未嘗不化。」都是知言之論。但缺點在用筆多涉尖巧，有時琢磨太過，往往令人感覺缺乏靈性與骨氣了。下面僅舉他的代表作〈雙雙燕〉，〈綺羅香〉和〈玉胡蝶〉來欣賞。

雙雙燕 詠燕

過春社了，度簾幙中間，去年塵冷。差池欲住，試入舊巢相並。還相雕梁藻井，又軟語商量不定。飄然快拂花梢，翠尾分開紅影。　芳徑，芹泥雨潤，愛貼地爭飛，競誇輕俊。紅樓歸晚，看足柳昏花暝。應自棲香正穩，便忘了天涯芳信。愁損翠黛雙蛾，日日畫欄獨凭。

欣賞

這是一首傳誦一時的詠物詞，上闋全就燕子點染，下闋則景中有情。殊饒思致。

春社，古節候之名，按《月令廣義》記載：「立春後五日為春社。」相傳燕子在這時候從南飛回。春社過了，雨燕初歸，穿幙度簾，試入舊巢，而去年築過巢的地方，卻滿佈了灰塵，冷冷清清的。這幾句雖是從正面描寫燕子，恰又反映出人事的冷落。

「還相雕梁藻井」以下，摹臨燕子的神情，像快拂花梢，軟語商量，以及樑木、井垣間的小歇，都表現在擬人化的手法上，字裡行間，把雙燕寫得栩栩如生。

下闋「芹泥雨潤」，「貼地爭飛」，再寫飛燕情狀，「輕俊」是「爭飛」的補述，也與上闋的「快拂花梢」相呼應。紅樓歸晚兩句，是說直到黃昏歸來，看見了春天美麗的風光，將心靈的滿足，刻繪入微，也充實了「棲香正穩」那種安閑的生活內容。末句善用側筆，用凭欄女子愁損雙蛾的苦怨，來烘托燕子的雙棲和自由的飛翔，襯說以取餘韻，雅得傳神之妙。

王靜安《人間詞話》說：「賀黃公云：『常觀姜（白石）論史詞，不稱軟語商量，而稱其柳昏花暝，固知不免項羽學兵法之恨。』然柳昏花暝，自是歐秦輩句法，前後有畫工、化工之殊。吾從白石，不能附合黃公矣。」王氏之論，非常中肯。因為「軟語商量」與秦少游的「破暖輕風，弄晴微雨。」周美成的「風老鶯雛，雨肥梅子。」馮正中的「細雨濕流光，芳草年年與恨長。」雖然都是經過鍾鍊而膾炙人口的名句，但終不過是鍊字的工夫，而柳昏花暝四字，看似尋常摹景，用詞淺顯，可是貫穿全詞來看，卻又韻味雋永，我們細思這柳昏花暝的景色，頗有「枯桑知天風，海水知天寒，入門各自媚，誰肯相為言」的意味，真不知凭欄人如何能夠消受，莫怪王靜安要譽他為「化工」了。

至於〈雙雙燕〉的最後兩句，譚復堂曾有微詞，他說：「愁損二句收完，然無餘意」。可是我認為，惟因如此收束，才能跌宕生姿。我們知道，詞中之意，貴在無字句處，善用側筆，不犯正位，譬如畫一幅蘭亭圖，畫出崇山峻嶺，茂林脩竹，並不困難，要能畫出天朗氣清，

惠風和暢的意境，才是化工之筆。因此，詠物之作，更不可分明說盡，只要彷彿形容，襯托生趣，便是妙處，這就是文家避實擊虛的手法。明人朱存仁也有一首詠燕詩：

三月巢乾雛未成，茅堂來往日營營。
說殘午夢千聲巧，剪破春愁兩尾輕。
宮柳陰濃金鎖合，水芹香細綠波晴。
畫欄十二無人倚，一半梨花一半鶯。

這首詩的頷聯，就燕點染，已能曲盡詠物之情，腹聯則絕無一字與燕子有干涉，僅虛摹宮柳陰濃，水芹綠波的景色，翻令人覺得燕子宛若穿梭其間，如果這首詩的後四句，仍然黏皮著骨，規矩刻畫，儘管形狀畢肖，也必無精神，一覽便盡。所以，史達祖這闋〈雙雙燕〉，在詠完燕子後，突以雙蛾愁損，畫欄獨凭作結，正是此詞能宕出遠神的原因。

綺羅香

詠春雨

做冷欺花，將煙困柳，千里偷催春暮。盡日冥迷，愁裡欲飛還住。驚粉重、蝶宿西園，喜泥潤、燕歸南浦。最妨他佳約風流，鈿車不到杜陵路。

沉沉江上望極，還被春潮晚急，難尋官渡。隱約遙峰，和淚謝娘眉嫵。

臨斷岸新綠生時，是落紅帶愁流處。記當日門掩梨花，剪燈深夜語。

欣賞

梅溪此詞，與〈雙雙燕〉同為他的傳世名作。〈雙雙燕〉詞離合盡致，無論修辭造句，均臻高詣，而這一闋尤具神韻，處處情景交融，似乎不僅是詠物而已。

起首「做冷欺花，將煙困柳」二句，曲寫春雨，鍊在欺字困字，這兩句看來似乎平常，真不知用了多少工夫，孫月坡說：「詞中四字對句，最要凝鍊，如史梅溪云做冷欺花，將煙困柳，只八字已將春雨畫出」，是不錯的。「千里偷催春暮」，是指雨催春暮，用偷字，有流年暗換的意思，周止庵說：「梅溪詞中善用偷字，足以定其品格矣」，這是有欠公允的，因為詞中鍊字，只問鍊得好不好，熟字之所以能生新，常字之所以能見巧，都是錘鍊的關係，倘若以一字作為褒貶的根據，就未免失之偏激了。

「盡日冥迷，愁裡欲飛還住」，摹寫春雨入神，「驚粉重」以下四句，雖是因為句法與協律的關係，不得不如此寫，但也是倒裝取勁的手法，因此顯得跳動而不板滯，這四句如寫成：蝶宿西園驚粉重，燕歸南浦喜泥潤，語意倒反而平衍了；粉重泥潤，也暗藏了雨意。

「最妨他佳約風流」兩句，深情宛轉。試想多少淑偶佳期，盡為雨所誤，而它仍浸淫漸漬，聯綿不已，這是最愁人不過的事，較諸前面花欹柳嚲，蜨殢燕翾，愁緒又深一層。這幾句話，清雋可思，丰神諧婉，恰寫出一片罨畫樓臺，迷離煙水。

下片「沉沉江上」，拓為遠景。野渡無人，春潮晚急，是從韋應物「春潮帶雨晚來急，野渡無人舟自橫」詩中化出。「隱約遙峰，和淚謝娘眉嫵」，寫雨深之時。「臨斷岸」以下數句，寫雨後綠肥紅瘦之景，妙在新綠生時，落紅流處，兩相對照，一開一闔，「平易中自有句法」（張玉田《詞源》），難怪這幾句最為姜堯章所稱讚了。全篇迤邐寫來，到此為一大段，「記當日門掩梨花」兩句，從少游詞：「甫能炙得燈兒了，雨打梨花深閉門」化出。自敘迴溯，幽閑貞靜，並就題烘襯推開，手法非常高明。許蒿廬說：「如此運動，實處皆虛」，真是慧眼獨具。

梅溪這首詠春雨的〈綺羅香〉詞，可以說無一字不與題旨相依，句句寫雨，而語語淋漓有潤澤，且句法凝練，聲律諧和，法度井然，物我泯合，的確是一闋難能可貴的詠物作品。

古來詠雨的詩也很多，茲舉兩首，依繆鉞的說法，附在後面：

蕭灑傍回汀，依微過短亭。
氣涼先動竹，點細未開萍。
稍足高高燕，微疏的的螢。

故園煙草色，仍近五門青。

這是李義山的〈細雨〉詩，全從正面寫出雨中的實情實景，其妙處在刻意描題，體物入微，雖無奇思，自見筆力，而且令人讀後，有一種清幽閒靜的感覺。另外，陳與義也有一首詠雨的詩：

瀟瀟十日雨，穩送祝融歸。
燕子經年夢，梧桐昨夜非。
一涼恩到骨，四壁事多違。
衮衮繁華地，西風吹客衣。

陳詩的手法非常奇特，凡雨時景物一概不寫，專在造意上用力，透過數層，從深處拗折，在實際盤旋。首聯點醒題旨，頷聯由雨中落想，雖寫燕子梧桐，卻並非單詠景象，而是寫燕子梧桐的感覺，其實燕子梧桐何嘗有感覺，只不過作者藉這些無情物，以襯出自己懷舊與遲暮的感慨罷了。用意非常深刻。至於「一涼恩到骨」，則更是新穎奇特，不落舊蹊，自非一般作手所能夢想的了，杜甫也有詠雨詩：「野徑雲俱黑，江船火獨明」，不摹雨狀，而寫雨神，也是化工之筆。因論史梅溪的〈綺羅香〉詞，故順便提出唐宋詩人的詠雨作品，連類書之，或可資為譚助。

玉胡蝶

晚雨未摧宮樹，可憐閒葉，猶抱涼蟬。短景歸秋，吟思又接愁邊。漏初長、夢魂難禁。人漸老、風月俱寒。想幽歡，土花庭甃，蟲網闌干。無端啼蛄攪夜，恨隨團扇，苦近秋蓮。一笛當樓，謝娘懸淚立風前。故園晚、強留詩酒，新雁遠、不致寒暄，隔蒼煙，梵香羅袖，誰伴嬋娟。

欣賞

梅溪此詞，全祖清真，法密多姿，絕豔風流，《讀詞偶得》曾說他幽蒨蒼涼，纏綿掩抑，入微細三昧，所以有難於言說之嘆。《白雨齋詞話》也說：「幽怨似少游，清切似美成，合而化矣」，可知前人對這首詞是如何的推崇了。上片由秋入題，閒葉抱蟬，短景歸秋，用的是比興的手法。吟思接愁，愁惹吟思，正見愁緒萬端，漏初長人漸老一聯，是對愁字的補充說明，尤其是「人漸老、風月俱寒」不愧為名雋之句，試想詞人老去，風月依舊，但已非昔日風情，這是何等的愁寂？語澹而悲，無限滄桑。「想幽歡」三句，荒涼悽惻，情景兩融，且「想幽歡」已為下片蓄勢。

換頭「無端」二字，空際蟠旋，引下三句，全是虛寫。蓮房帶苦，團扇見捐，益之啼蛄擾夜，不能入睡，真覺別有淒涼，難以名狀。「一笛當樓」兩句是全詞名句，由趙嘏詩「長笛一聲人倚樓」中脫化出來，「懸淚」一語，尤其妙到毫顛。以下忽又翻虛為實，自抒愁懷：故園秋晚，惟強以詩酒自娛，新雁已遠，不渡雲邊音書，而遙想伊人，也只是「梵香羅袖，誰伴嬋娟」，伊人的岑寂，正與自己強留詩酒的無奈相呼應，跌宕孤懷，全出於蘊藉含蓄，無限悲感，也當於弦外求得。

張炎詞欣賞

在詞史上，同有亡國的身世，而被稱為遺民的，是晚宋的蔣捷、王沂孫、周密及張炎四家。他們的詞風，雖不脫姜（白石）吳（夢窗）一派古典格律的影響，但詞中時寓以〈黍離〉君國的憂戚，頗多沉咽淒楚之音，又與姜吳不同，而四家之中，尤以「有周清真雅麗之思，未脫承平公子故態」（舒閬風語）的張炎，最為突出。

張字叔夏，號玉田，又號樂笑翁，循王張俊之後，原籍甘肅天水，南渡時，隨家遷臨安（今浙江杭州），當宋邦淪覆，他已三十三歲了，資產喪失，生活窮困，最後竟至落魄而死，今傳《山中白雲詞》八卷，共二百四十餘首，多抒發個人「天涯倦旅」的哀愁，《四庫全書提要》說：「(炎)所作往往蒼涼激楚，即景抒情，備寫其身世盛衰之感，非徒以翦紅刻翠為工」，允為中肯。

張炎是晚唐至宋末這幾百年歌詞的結束者，其詞律呂協洽，意度超元，鄭所南形容他的詞說：「鼓吹春聲於繁華世界，能令三十年西湖錦繡山水，猶生清響。」我們讀過玉田流麗清暢的詞，就知鄭氏之言，並非過譽。要不是因為他詞中那點「噫嗚宛抑」的情調，恐怕置

諸白石集中，也難以辨認。

玉田手撰《詞源》上下卷，有系統的論列音譜、虛字、用事、詠物等詞法。我們試看他在《詞源》上標榜的幾點意見，就可以知道他的詞風了。

一、清空：《詞源》說：「詞要清空，不要質實。清空則古雅峭拔，質實則凝澀晦昧」，玉田拈出清空，作為詞的最高境界。所謂清空，就是空靈神韻，如野雲孤飛，去留無跡。他的作品，也都善用側筆翻筆，清空雅騷，樓敬思說：「讀集中諸闋，一氣卷舒，不可方物，信乎其為山中白雲也」，頗能道出玉田詞的佳處。

二、雅正：雅正便是典雅不俗。雅正的詞，不為情所役，且須兼顧協律、隱意、修辭三方面，句法要平妥精粹，用事則不為事所使，這樣才能做到雅正。

三、協音：玉田論詞，以協音為先，有時嚴密之處，真如申韓之法，不容假借。《詞源》上有一段記載，謂其先人曉暢聲律，曾作〈惜花春起早〉云：「瑣窗深」，深字意不協，改為幽字，又不協，再改為明字，歌之始協。這三個字皆屬平聲，改的理由是：五音有唇齒喉舌鼻，所以有輕清重濁之分，故平聲字可為上入聲。從這一段自述，可以看出他重視協律，甚至不惜改變詞意。

玉田在詞的創造上多能實踐自己的理論，可惜過分遷就聲律，或刻意斟字酌句，不肯換意，反而掩蓋了佳處。不過，張詞的「婉麗」和「清空」，已足以睥睨當代，後人更是難追逸步，《四庫提要》讚譽他是「宋元之間」的「江東獨秀」，是不錯的。下面仍依往例，選幾首代表作來欣賞：

八聲甘州

辛卯歲，沈堯道同余北歸，各處杭越。逾歲，堯道來問寂寞，語笑數日，又復別去。賦此曲，並寄趙學舟。

記玉關踏雪事清遊，寒氣脆貂裘。傍枯林古道，長河飲馬，此意悠悠。短夢依然江表，老淚灑西州。一字無題處，落葉都愁。　載取白雲歸去，問誰留楚佩，弄影中洲。折蘆花贈遠，零落一身秋。向尋常、野橋流水，待招來不是舊沙鷗。空懷感，有斜陽處，卻怕登樓。

欣　賞

這首詞是張炎北遊歸來，寓居杭州，為送別沈堯道而作的。對故國的思念，離別的愁情，個人身世的飄零，在這裡得到和諧一致的熔鑄。

〈八聲甘州〉是長調，故須留意佈局。長調猶如詩中的歌行，自有其起結承轉，開合呼應的法則。粗略來看，大都是上闋寫景，下闋寫情。然如果囿於此限，似又板滯，因此景中必寓情，情中必寓景，行腔運氣，切不可直瀉無餘，一往稱快。玉田這首詞，上片景中有情，下片情中有景，兩闋首尾，各有起結，在章法上，尤能不落窠臼。

劈頭數句，便擺落現境，反從「玉關」著筆；當時冒著刺骨寒氣，踏雪清遊，也曾在萬木搖落的秋天，飲馬長河，悠悠此意，何能忘懷？從這裡，我們可以看出他從前在故國的交遊景況，以及當年的豪情壯舉，可是愈提當年的豪舉，就愈見今日的老邁。果然，「短夢」一句，急轉直下，我們的感官、視野、景色，也突然展開一個大變化，時間空間，也隨著改變，在攬轡邊關與淚落西州的對照下，真令人心酸。故國清遊，像一場短暫的夢，而夢醒以後，依然身在江表，面對淪亡的河山，怎不令詞人老淚縱橫？這是倒戟而入的手法，敘事抒情由興奮而悽惋，所以特別感人。

「老淚灑西州」句用謝安羊曇事。據《晉書・謝安傳》記載：羊曇曾為謝安所器重，謝安死後，羊曇輟樂彌年。當時謝安扶病還都時，曾經過西州門，謝安死後，羊曇怕觸景生情，因此避免走西州路，有一回大醉，不知不覺走過州門，悲由中生，痛哭而去。本詞淚灑西州，是借羊曇事寄寓〈黍離〉之悲。

「一字無題處」二句，反用紅葉題詩的故事，是說在極端的愁緒中，那還能題寫一個相思字？處在這種情況下，甚至連落葉都在替人哀愁了。「落葉都愁」四字，人葉雙寫，所以譚復堂評曰「恢詭」。其實，兩句的高妙，尚不止此。從詞法上看，一首詞的收束處，需要費力經營，前結要如奔馬收韁，為下片留地步，後結要如泉流歸海，迴環溯源，「落葉都愁」四字，恰有住而不住之勢，下片各句，皆從「愁」字著筆。

過片「載取白雲歸去」三句，寫歸隱之意，並表明心跡。「載雲」從陶宏景詩中化出，陶詩：「山中何所有？嶺上多白雲，只可自怡悅，不堪持贈君。」楚佩中洲兩句出《楚辭・湘君》：「遺余佩兮澧浦」，「蹇誰留兮中洲」，此處借意，問如今世上守身如玉的究有幾人？「折蘆花贈遠，零落一身秋」，遙寄相思，近感身世。兩句造意甚美，蘆花拂衣，一身秋色，看他淡淡數字，卻不知經過多少錘鍊。

其後以野橋流水，寫閑適的隱居生活。又以「不是舊沙鷗」，感慨人事的變遷，同時懷念故國，思昔傷今，遙應上片。末三句暗用王粲〈登樓賦〉，言信美江山，已非故土，誰堪登臨眺遠，觸動羈情？更何況還有夕陽在山，助人悽惋呢？「有斜陽處」四字，看似尋常，其實佳絕，沒有這一句，氣氛就顯得不夠。

憑眺斜陽，最能惹人無限酸楚，黃九煙說：「余每見夕陽，即欲銷魂痛哭，殊不能自解，亦豈相思老盡之故耶？」斜陽既能助人愁氛，因此多情的詞人，屢屢用之，如：

「誰見夕陽孤夢，覺來無限傷情。」（毛熙震〈河滿子〉）

「一場愁夢酒醒時，斜陽卻照深深院。」（晏殊〈踏莎行〉）

「可堪孤館閉春寒，杜鵑聲裡斜陽暮。」（秦觀〈踏莎行〉）

「斜陽映山谷，斂餘紅，猶戀孤城闌角。」（周邦彥〈瑞鶴仙〉）

「燕子不知何世，入尋常巷陌人家，相對如說興亡，斜陽裡。」（周邦彥〈西河〉）

「閒愁最苦，休去倚危欄，斜陽正在、煙柳斷腸處。」（辛棄疾〈摸魚兒〉）

「斜陽草樹，尋常巷陌，人道寄奴曾住。」（辛棄疾〈永遇樂〉）

「漸霜風淒緊，關河冷落，殘照當樓。」（柳永〈八聲甘州〉）

都是以斜陽為襯，撫事傷今，牽引愁緒的佳句，可見詞人對斜陽的感覺了，所以張炎說：

「有斜陽處，卻怕登樓。」

玉田詞善用虛字，在這首詞中，如短夢「依然」江表、落葉「都」愁、「載取」白雲歸去、「待招來」不是舊沙鷗、「空」懷感、「卻」怕登樓等，都用虛字。虛字用得恰當，不但可以使氣脈流轉，情韻欲流，而敘事抒情，也往往使作者的神態畢出，張炎在《詞源》中說得很清楚：

「詞與詩不同，詞之句語有二字三字四字至六字七、八字者，若堆疊實字，讀且不通，況付之雪兒乎？合用虛字呼喚，單字如正、但、甚、任之類；兩字如莫是、還又、那堪之類；三字如更能消、最無端、又卻是之類。此等虛字，卻要用之得其所，若能盡用虛字，句語自活，必不質實，觀者無掩卷之誚。」

《詞源》所舉虛字，不過嘗鼎一臠，下面再補錄一些常用的虛字，彙列於左，以供學者採用：

甲、一字類

又、況、看、正、算、豈、已、潔、怎、只、有、賸、早、料、但、怕、便、縱、甚、問、記、念、似、奈、恰、乍。

乙、二字類

何處、莫問、卻又、正是、恰又、無端、又還、恰似、絕似、可奈、堪羨、記曾、賸把、拚把、那番、只今、誰料、不預、值怎、多少、猶是、那堪、那知、更是、縱把、忘卻、好是、怎奈、漫道、獨有、不是、又是、卻喜、遙想、試問。

丙、三字類

莫不是、最無端、況而今、且消受、最難禁、更何堪、再休提、都付與、君莫問、鎮消凝、怎禁得、記當時、又怱怱、都應是、似怎般、又何妨、當此際、到而今、君不見、倩何人、又早是、嗟多少、空負了、拚負卻、收拾起、要安排。以上第一二類，也經常用於詩中，第三類則是填詞專用，用之得當，可使通體靈活，特具風情。

清平樂

候蛩淒斷，人語西風岸。月落沙平江似練，望盡蘆花無雁。　暗教愁損蘭成，可憐夜夜關情。只有一枝梧葉，不知多少秋聲。

欣　賞

詩詞作品，從修辭的立場來看，有自然與藻飾之分。作者希望達到「真」的境界，則重在自然渾成，騖於「美」的境界，則出之雕琢藻飾，如能高臻極詣，那麼兩者各有所善，如果發揮不足，也都不免產生流弊。我們看自然的末流，每入於俚俗陳腔，藻飾得太過，常傷於體弱格卑，這就是流弊。張炎曾批評劉克莊的詞說：「後村別調，大抵直致近俗，乃效稼軒而不及者，其〈沁園春〉夢方孚若一闋，舉一以例，他詞類是。」按〈沁園春〉有句云：「歎年光過盡，功名未立，書生老去，機會方來，使李將軍，遇高皇帝，萬戶侯，何足道哉？」

真可謂詞俚而意儉了。至於作手，儘管自然直尋，且不忘情鍛鍊，可是由於造詣高，終能泯沒斧斵的痕跡，張炎這闋〈清平樂〉，就是一個例子。

這首詞不但用語清新，寫景優美，同時也蘊藏一股莫名的惆悵。

上片純寫秋景。蛩即蟋蟀，淒斷是形容候蛩吟秋的淒涼。「人語西風岸」，是說隔岸人語，被西風傳來。以上兩句寫「聲」。這時月已西墮，澄江似練，平野遠目，盡是如雪的蘆花，卻不見一隻能帶音書的大雁。月落兩句寫景。「無雁」二字，結得意外，一句之中，能有轉折，突生波瀾，非常高明，同時，景中有情，恰為下片蓄勢，引出羈人懷鄉的情感。

下片抒懷。暗教二句以庾信自況，流露出對家國的思念。庾信，字子山，小字蘭成，南北朝人。先世居南陽新野，後宦遊江南，遂以為家，著〈哀江南賦〉，感慨身世，動鄉關之思。張炎以蘭成設比，自然最適當不過了。「夜夜關情」，也與上片語意綰合，前後照應。上片尚不過摹寫一夜之景，觸生一夜之情，誰知他竟夜夜對吟蛩蘆花，思鄉如此，難怪要「愁損蘭成」了。末二句託物喻意，情景交融，說自己正像一枝梧葉，不知發出多少淒涼的秋聲，淡淡兩句，卻深情蘊藉，掩抑生姿。

這首〈清平樂〉詞，有幾句與《珊瑚網》所載略有出入，《珊瑚網》云：「元始蘇汾湖居士陸行直輔之，家有妓名卿卿，以才色見稱，友人張叔夏為作〈清平樂〉贈之云：『候蟲悽斷，人語西風岸。月落沙平流水慢，驚見蘆花來雁。可憐瘦損蘭成，多情應為卿卿。只有一枝梧葉，不知多少秋聲』。後二十一載，行直以翰林典籍致仕歸，則叔夏卿卿皆下世矣，行直作〈碧梧蒼石圖〉，並書張詞於卷端，且和之云：『楚天雲斷，人隔瀟湘岸。往事悠悠江水慢，怕聽樓前新雁。深閨舊夢還成，夢中獨記卿卿。依約相思碎語，夜涼桐葉聲聲』。」玉田兩闋，同是愁損蘭成，一為家國之思，一為兒女之情，雖只增損數字，然意境的高上已不言可喻了。因屬玉田韻事，故連類及之。

解連環　孤雁

楚江空晚，悵離群萬里，怳然驚散。自顧影欲下寒塘，正沙淨草枯，水平天遠。寫不成書，只寄得相思一點。料因循誤了，殘氈擁雪，故人心眼。　誰憐旅愁荏苒，謾長門夜悄，錦箏彈怨。想伴侶猶宿蘆花，也曾念春前，去程應轉。暮雨相呼，怕驀地玉關重見。未羞他雙燕歸來，畫簾半卷。

欣賞

張炎以詠物詞稱著，如〈南浦〉的詠春水、〈水龍吟〉的詠白蓮、〈探春〉的詠雪霽、〈綺羅香〉的詠紅葉、〈真珠簾〉的詠梨花以及本詞的詠孤雁，都是他詠物詞的代表作。這首詞，除了作者側筆抒懷，以失群的孤雁比喻自己羈泊的生涯外，用典用辭的妥貼，也是最大的特色。

用典用得好，常能驅使莊騷經史，融化而不澀，沒有一點斧鑿的痕跡，如果讓讀者看出在掉書袋，或是餖飣堆砌，那就有所欠缺了。所謂善紉者無隙縫，工繪者無漬痕，就是這個道理。劉融齋《詞概》說：「詞中用事，貴無事障，晦也、膚也、多也、板也，此類皆障也。姜白石詞用事入妙，其要訣所在，可於其詩說見之，曰：僻事實用，熟事虛用，學有餘而約以用之，善用事者也；乍敘事而間以理言，得活法也。」真是詞家金鍼，可以繡出鴛鴦。

玉田這闋詠孤雁的詞，句句不離孤雁，既使用事的地方，也非常妥貼，有時甚至融情入事，妙到毫顛。

起首楚江空晚三句，明寫孤雁，離群萬里，恍然驚散，自然不是泛指雁群。「欲下寒塘」與下片的「暮雨相呼」，是用辭。崔塗〈孤雁〉詩：「暮雨相呼失，寒塘欲下遲」，張炎將兩句分用，又巧於安排，因此不見蹈襲之跡。

沙淨草枯二用，寫水邊秋色，也正是汀洲宿雁處。「寫不成書，只寄得相思一點」，是全詞名句，時人並因此稱他為張孤雁。《草窗詞選》說：「此等詞雖丹青難畫」，繼蓮畦云：「名目巧思，不落恆蹊」，也都備致推崇。雁行橫空，常排人字，孤雁則書不成人字，只有一點，所以說：「只寄得相思一點」，此處用雁足傳書的故事，與下句「殘氈擁雪」，同出〈蘇武傳〉。收處也佳：想必是失群的孤雁，才會因循誤事，耽擱了故人的音書吧！

過片點醒「旅愁」，人雁雙寫。「謾長門夜悄」兩句，用漢武帝時陳皇后被棄置的冷宮襯托孤雁，以渲染哀怨。長門看似與孤雁無涉，其實我們如讀過杜牧的〈早雁〉詩：「仙掌月明孤影過，長門燈暗數聲來」，就知道這兩句用得妙了。

「想伴侶猶宿蘆花」以下，全用虛寫手法，企盼將來的重逢，先設想伴侶在開春之前回轉北方，繼又設想重見的驚喜，那時，當著畫簾半捲，語㥾雙雙，也不會自慚孤獨了。雖是自作慰藉，卻深情宛轉，動人心弦。玉田詞工於詠物，境界也高，由於他體認仔細，刻劃深微，因此凡物的精神體貌，都能委婉曲折的表現出來，這首〈孤雁〉詞，就是一個明證。

附錄

韋莊詞欣賞

在《花間集》裡，摒除濃豔輕薄的詞風，而以清澹秀雅的字句，運密入疏的筆法，纏綿宛轉的感情，在當代詞壇中獨樹一幟的，是那位被稱為「秦婦吟秀才」的韋莊。

韋莊，字端己，京兆杜陵（陝西長安）人，據說是唐朝名詩人韋應物的後裔。韋莊少年孤貧，敏而好學，才智過人，唐僖宗中和年間，赴長安應考，恰碰著黃巢的興亂，不得已，遂攜家避地江南，由於江南一帶的繁華安定，把他帶進紅巾翠袖的懷抱，而過著風流浪漫的生活。中年以後，再到長安，考取進士，任校書郎數年，後來入蜀依王建。等到朱全忠篡唐自立，他便勸王建即位，自己做了宰相，武成三年，死在成都花林坊，諡文靖，有《浣花集》行世。

他的詞與溫庭筠（飛卿）齊名，但在修辭與表現的技巧上，卻完全和溫庭筠不同；溫詞充滿著富貴濃豔的氣息，端己詞則情深語秀。王國維在《人間詞話》中，因此以「畫屏金鷓鴣」（溫庭筠），「絃上黃鶯語」（端己）來說明二者詞風的不同，更說端己詞「在飛卿之上」。周濟說：「端己詞清豔絕倫，初日芙蓉春日柳，使人想見風度」（《介存齋論詞雜著》），陳廷焯也說：「韋端己詞似直而紆，似達而鬱，最為詞中勝境」（《白雨齋詞話》），這些都是很中肯的批評。

總之，韋莊以情詞聞名，但描寫的體材則與那些專詠肉慾性慾者不同，他的詞選語清俊，直抒胸臆，所表現出來的風格顯豁清利，樸素生動，我們試著欣賞下面幾首詞，就很容易瞭解這一點了。

菩薩蠻 五首

紅樓別夜堪惆悵，香燈半捲流蘇帳。殘月出門時，美人和淚辭。琵琶金翠羽，絃上黃鶯語。勸我早歸家，綠窗人似花。

人人盡說江南好，游人只合江南老。春水碧於天，畫船聽雨眠。壚邊人似月，皓腕凝霜雪。未老莫還鄉，還鄉須斷腸。

如今卻憶江南樂，當時年少春衫薄。騎馬倚斜橋，滿樓紅袖招。翠屏全屈曲，醉入花叢宿。此度見花枝，白頭誓不歸。

勸君今夜須沉醉，尊前莫語明朝事。珍重主人心，酒深情亦深。須愁春漏短，莫訴金盃滿。遇酒且呵呵，人生能幾何。

洛陽城裡春光好，洛陽才子他鄉老。柳暗魏王堤，此時心轉迷。桃花春水淥，水上鴛鴦浴。凝恨對斜暉，憶君君不知。

欣賞

韋莊〈菩薩蠻〉詞共有五首，可是選家卻好任意割裂，譬如《詞選》、《詞辨》以及《唐五代詞選》等書，都刪去「勸君今夜須沉醉」一首，大概是因為它太近口語，俚質不雅的緣故。胡適《詞選》，則節取中間三首，又刪去首尾「紅樓別夜堪惆悵」，「洛陽城裡春光好」二首，可能是嫌它們用辭太文，其實這些都是枉費心機的作法，我們知道，韋莊〈菩薩蠻〉五首，是一意貫串的，反復轉折，不失脈絡，五首必須串講，才能領悟出章法之妙。

第一首，張惠言《詞選》說：「此詞蓋留蜀後寄意之作，一章言奉使之志本欲速歸」，是不錯的，此首雖是追憶往昔的情景，卻有無限孤獨寥落的感慨。

首句「紅樓別堪惆悵」，從「離情」入題，唯直接拈出「惆悵」兩字，未免太露。「香燈」

句，造境極妙，以景透情，寫出「紅樓別夜」寥落冷清的景象，饒有餘味，正補上句太露之失。「殘月出門時」，承夜而來，「美人」句用側筆，從對面說出，他不說自己心中的依戀，偏說美人和淚相送的淒婉，所以高妙，假如說我辭美人，就未免流於直率突兀了。在唐詩中，像王維的〈九月九日憶山東兄弟〉詩：「遙知兄弟登高處，偏插茱萸少一人」，不說自己懷念兄弟，偏說兄弟懷念自己，杜甫〈月夜〉詩：「今夜鄜州月，閨中只獨看。遙憐小兒女，未解憶長安。香霧雲鬟濕，清輝玉臂寒。何時倚虛幌，雙照淚痕乾」。起始便擺落現境，反從鄜州著筆，其實兩地相思之情，是無二致的，這些都是抒情寫事，善用側筆的範例。

過片以下，述其初心，琵琶催歸，是全篇的主旨。「琵琶」二句，有色彩，有聲音，「金翠羽」者，描寫琵琶的裝飾，「黃鶯語」者，比喻撥弦時，聲音的清妙，於是引起「綠窗人似花」的懷念，撩起了一片濃厚的鄉愁。「綠窗人似花」正與上半闋的「美人和淚辭」先後呼應，脈絡不亂。

這首詞，情意真摯，造語自然，沒有斧鑿的痕跡，閒婉平澹處，都是妙境，懷舊念遠中，透露出無限情致，莫怪況周頤說他的詞能「運疏入密，寓濃於淡，《花間》群臣，殆鮮其匹」（《蕙風詞話》）了。

第二首，張惠言說：「此章述蜀人勸留之詞……中原沸亂，故曰還鄉須斷腸」，這首詞清麗婉暢，語近情遙，最後二句剝去數層才著筆，振起全篇。

首句「人人盡說江南好」已緊扼題旨，以下五句無論寫人寫景，都是承「江南好」三字衍出，最妙的是，雖寫江南環境的秀美，甚至認為遊人大可終老此鄉，但這些話都是他人說的，自己不過是耳聞罷了，用筆曲折，深意宛轉。

三四兩句，寫春水流碧，畫船聽雨，雖不足以道盡江南風物的明媚，但亦可以由此想見江南景色的秀麗了。

過片兩句，也是承前得意，宛轉抒情，由讚美江南風光，進而寫江南女子的靈秀俊逸，清倩姝妙，「壚邊」似乎是暗用卓文君事，「皓腕凝霜雪」，是對上句再作細膩的描述。而且本首的「壚邊人似月」，與第一首的「綠窗人似花」，又恰好遙遙相對，這樣看來，原情酌理，遊人真應該終老在江南了。

最後兩句，以感慨悲涼作結，另翻新意。儘管人人都讚美江南秀麗，但他自己卻偏說「未老莫還鄉，還鄉須斷腸」，足見韋莊之所以棲遲異地，並非貪戀江南風物，實在有他不得已的苦衷，否則又何必要待老才告返鄉呢？思鄉的殷切，透過一層寫出，譚獻說：「強顏作愉快語，怕腸斷，腸亦斷」，確是知言之論。

第三首，張惠言說：「上云未老莫還鄉，猶冀老而還鄉也，其後朱溫篡成，中原愈亂，遂決勸進之志，故曰『如今卻憶江南樂』，又曰『白頭誓不歸』，則此詞之作，其在相蜀時乎。」張氏之言，雖略嫌拘泥穿鑿，但大旨是不錯的。

第一句就承上首而來，上首既說明不還鄉的苦衷，此首又一翻作意，竟甘願終老他鄉，「白頭誓不歸」，早歸的夙願，恐怕已很難實現了，轉折之間，有一種認命的感覺，更覺淒然動人。

上一首寫「江南好」，是人家說的，此首言「江南樂」，是自己說的，語意並不重複。當年的樂趣，當時沒有心情領受，如今歸志難酬，回憶起來，正感覺江南也有許多樂趣啊！「當時年少春衫薄」以下四句，都是回憶江南樂事，「滿樓紅袖招」及「醉入花叢宿」兩句，寫盡他少年時浪漫多姿的生活。「此度」兩句，是一章之眼，直抒胸臆，初看似乎缺少餘味，而實際上卻餘味雋永，愈堅決則愈纏綿，愈忍心則愈溫厚。譚獻批評這二句話：「意不盡而語盡」，見解非常精闢。

第四首。以上三首，由早歸而說到不得早歸，更說到白頭誓不歸，層層剝落，步步為營，大有山窮水盡之勢，此首忽然鬆弛，章法上似乎不能綰合，實則本首寫泛，不過是為上闋無可奈何的心情，作一個詮釋，聊以解嘲而已。

「醉」字即從上章「醉入花叢宿」轉來，「尊前莫語明朝事」，是傷心人語，眷懷故國的愁緒，由此可見。「珍重主人心」兩句，以「風流蘊藉之筆調，寫沉鬱潦倒之心情」，《讀詞偶得》過片以後，依然從酒落筆，而強顏歡笑的心情卻宛然可想，「須愁春漏短，莫訴金盃滿」，是說儘管金盃斟滿，也不辭酩酊大醉，只愁春宵太短，不能盡興而已。結尾兩句，歡笑中有淚痕，曠達中寓深悲。因為那時中原作亂，韋莊欲歸故國，已為事勢所不容，何況西蜀待他又很禮遇，恐怕縱想歸去，也為情理所不許，因此在這種無奈的情形下，唯有發出遇酒當醉，莫話明朝的感慨了。

第五首。以上四章，一二為一轉折，三四為一轉折，全為這一首而發。

張惠言說：「此章致思唐之意」，是不錯的，我們細審此詞的內涵，表面上看似故鄉之思，骨子裡卻寫的是故國之思。

這一首詞，全用中鋒，無一側筆。洛陽城裡春光何嘗不好，只是洛陽才子終老他鄉了。上句寫洛陽春光的明媚，正烘托出下句才子垂老他鄉的悲哀。「柳暗」句承第一句而來，是懸想之詞。下接「此時心轉迷」，迷字甚妙，轉字也襯托得有力。

下片寫眼前光景，「桃花春水淥」，直與第二首的「春水碧於天」相呼應，且以「水上鴛鴦」，點綴其間，洛陽、江南，到底孰好孰不好？無怪要「此時心轉迷」了，詞意又與上片銜接。結尾「凝恨到斜暉，憶君君不知」十字，癡頑得妙，明知無家可歸，心中還是惦念不已，溫柔敦厚，無限低徊，已得風人之旨了。

綜觀全作，第一首希冀早歸，第二首猶盼望待老而歸，最後竟為事實所不許，第三四兩首，唯寫飲酒尋歡，立誓老死異鄉了。第五首忽又惦念故國，轉生迷惘，無奈之情，一至於此，情深意摯，筆力宛轉，可算是《浣花詞》中的名作了。

以上韋莊〈菩薩蠻〉五首的分析與欣賞，皆以俞氏《讀詞偶得》為藍本，我們如潛心加以玩味，自然會覺得這種串講法是有道理的。

女冠子

四月十七，正是去年今日，別君時。忍淚佯低面，含羞半斂眉。　不知魂已斷，空有夢相隨。除卻天邊日，沒人知。

欣賞

劈頭一句，即用倒裝的筆法，使人有高山墜石，不知其來的感覺，倘把第一句寫成：「別君時，正是去年今日，四月十七」，那就索然寡味了。「忍淚」兩句，從回憶中描寫兩情依依的兒女情態。「忍淚」是真情的流露，「佯低面」的「佯」字，用得尤其入神。「斂眉」是有意，

「含羞」是真情，中間著一「半」字，把那時的狀態分量，描繪得恰如其分，對當時的心理也同時作了深刻的摹寫，如果用「緊斂眉」，則不但在情態上與上句「佯」字不調和，在情意上也過於暴露了。

下片「不知魂已斷，空有夢相隨」，是一種惱恨，「除卻天邊月，沒人知」，是一種怨尤。一別經年，夢魂空勞，伴我相思的，除了夜夜明月，還有誰呢？詞中蘊涵深厚的情意，卻以疏澹的筆法表達出來，耐人咀嚼，這正是浣花詞高明的地方。

韋莊另有一闋〈女冠子〉詞，風調與此相似，錄在下面，可一併欣賞：

昨夜夜半，枕上分明夢見，語多時。依舊桃花面，頻低柳葉眉。　半羞還半喜，欲去又依依。覺來知是夢，不勝悲。

大體說來，韋莊的詞，多半以疏朗澹雅的字句，作主觀的抒寫，更重要的是：他能掃去纖麗浮華的習氣，表現出自己的真性情，因為任何作品，若無感情在內充實活躍，則是雕木為龍，剪彩為花，無論如何豔麗，也是毫無生氣。因此，「忍淚佯低面，含羞半斂眉」，「半羞還半喜，欲去又依依」，雖極簡樸，而給予讀者的印象，似乎比「翠翹金縷雙鸂鶒，水紋細起春池碧」、「水精簾裡頗黎枕，暖香惹夢鴛鴦錦」（溫庭筠〈菩薩蠻〉）更為真切，這就是情所使然，韋詞能直接的把感情表現給人們，因此人們也就易於直接去領受到他詞中的況味了。

革命先烈先進詩詞欣賞

今天是青年節，也是我們愛國青年為拯救國家民族的危亡，憑著救國救民的滿腔熱血，和轟轟烈烈的犧牲精神，在歷史上創下的一個最光榮的日子。際此國家危急多難之秋，緬懷民國締造之艱，愈加增人感慨。先烈先進們堅毅不撓的精神，誠足以震動寰宇，喚起黃魂，他們是創造歷史的人物，也是愛國青年的楷模。下面介紹一些先烈先進的事略與部分作品，一來使青年們能認識他們的襟抱與風範，同時，也勉勵青年們效法先烈的精神，開創一個嶄新的時代。

我們知道，任何一個板蕩的時代，都能使文學潮流發生莫大的變化。在滿清末造，由於朝廷的腐敗，列強的侵略，毀滅了都市的享樂與農村的寧靜；這一個慘烈的打擊，使一切都失去了常態，疆土割裂，主權喪失，處處顯示著國辱家亡的苦痛。一些有志之士，一面悲痛清廷的愚昧無能，一面又憤恨列強的蠶食鯨吞，於是民族意識隨之而起，慷慨悲歌，代替了柔靡香豔的情調，發為詩詞，都是真情的流露，性靈的抒寫，字裡行間，充滿了憂憤之氣，愛國之情，至於鍛句鍊字，格調音律，自然也就無暇顧及了。我們必須先瞭解這一點，才能

欣賞出先烈先進們詩詞的好處。

滿江紅

秋瑾

小住京華，早又是中秋佳節。為籬下黃花開遍，秋容如拭。四面楚歌終破楚，八年風味徒思浙。若將儂強派作蛾眉，殊未屑。　身不得，男兒列，心卻比，男兒烈。平生肝膽，因人常熱。俗子胸襟誰識我？英雄末路當磨折。莽紅塵何處覓知音，青衫濕。

秋瑾，字璿卿，號鑑湖女俠，浙江紹興人。她生長於書香之家，自幼便涉獵經史，吟詠詩歌，平日最喜歡讀《劍俠傳》，慕朱家郭解為人，與一般閨秀完全不同。後來隨夫到北京，開始接受新知識，留心國事，認清世界潮流，更負笈東瀛，參加同盟會，並聯絡留學女同志，組織共愛會，每次集會，必登壇演說，慷慨陳詞，聽者多為之動容。歸國後，由其表哥徐錫麟介紹，加入光復會，積極進行革命工作，民國紀元前五年，與徐錫麟密謀在浙皖起事，且已完成佈署，可惜消息走漏，徐錫麟迫不及待，倉猝起義，在刺殺清官恩銘後，從容就義。一星期後，秋瑾也在紹興被捕，臨刑時，勉成「秋風秋雨愁煞人」一句，慷慨成仁，葬於杭州西湖西冷橋畔，與名山秀水，共垂不朽。

秋俠一生，除參加革命外，並以提倡女權為己任，她認為「女學不興，種族不強，女權不振，國勢必弱」。她又倡導男女平等，必「當有學問，求自立，不當事事仰給男子」，還到處演說宣傳，希望喚起社會廣大注意。她自己也恨不能生為男兒身，時常身衣男裝，飛騎入城，大遭舊社會的非議。她在〈寄友〉詩中說：「何人慷慨語同仇，誰識當年郭解流。時局如斯危已甚，閨裝願爾換吳鉤」。又有〈題芝龕記〉詩：「莫重男兒薄女兒，平臺詩句賜蛾眉。吾儕得此添生色，始信英雄亦有雌」，都足以表露她的心跡。

前舉〈滿江紅〉詞是客居京華時的作品，可看出她當時苦悶的心情。「小住京華」四句，都是描寫秋色，「四面楚歌終破楚」，是對局勢的透視，強烈的暗示腐敗無能的清廷，已命在旦夕了。「八年風味徒思浙」，是說久客京華，對那時醉生夢死的生活不能滿足，感到寂寞，不免有羈旅之感。「若將儂強派作蛾眉，殊未屑」，以及過片四句：「身不得，男兒列，心卻比，男兒烈」，說明自己不願以弱女子自況，而願與男兒一樣，肩負起救國救民的大任，這種精神是值得欽佩的，無怪她積極提倡女權，反對女子深藏閨中，盡作些組紃績紡的工作。「平生肝膽」以下數句，是何等胸襟，又是何等落寞，這雖是她未獻身革命運動前的作品，但已可以看出她當時的決心了。

秋瑾的詩，頗多嶔崎磊落，悲慨填膺的性情之作，古詩如〈寶刀歌〉、〈寶劍歌〉，都有睥睨一世的氣概（詩長不錄），律詩中也不乏警句，如：「意氣呑胡虜，精神貫日月」（〈失題〉）、「摶沙有愿興亡楚，博浪無椎擊暴秦」（〈感懷〉）、「領海無權悲索莫，磨刀有日快恩讐」（〈黃海舟中感懷〉）、「牧馬久驚侵禹域，蟄龍無術起風雷」（〈柬某君〉）、「傷心鐵鑄九州錯，棘手棋爭一著難」（同上）、「頭顱肯使閑中老，祖國寧甘劫後灰」（同上）、「祖國陸沉人有責，天涯飄泊我無家」（〈感時〉）、「馬足車塵知己少，繁弦急管正聲希」（〈申江題壁〉）、「相逢恨晚情應集，仰屋嗟時氣益振」（〈自題男裝照〉），皆足以振奮人心，那有絲毫兒女矯作之態？

當然，集中也有許多閒適清新的句子，如「三月鶯花千里夢，半林風月一囊詩」（〈題樂天詞丈春郊試馬圖〉）、「樓頭煙雨新詩句，風月情懷舊酒場」（同上）、「詩思一帆海空闊，夢魂三島月玲瓏」（〈日人石井君索和即用原韻〉）、「由來名士耽詩酒，從古江山助逸才」（〈題郭詞白湘上題襟集〉）、「二分明月珠簾捲，十丈勞塵畫角哀」（同上）、「龍池雨過煙籠幕，雀舫春濃錦作橈」（〈春柳〉）、「看完桃李春俱豔，吟到荼蘼興未辭」（〈清明懷友〉）、「千尋翠色供詩筆，一派湖山作畫圖」（〈題瀟湘館集〉）、「人何曾在簾猶掛，花正開時草尚深」（〈重過女伴芷香居〉），雖是興到之作，卻能詩意盎然，不在名家之下。可見秋瑾有俠氣，也有才氣，是烈女，也是詩人。

潼關望黃河

吳祿貞

走馬潼關四扇開，黃河萬里逼城來。西連太華成天險，東望中原有劫灰。
夜燭淒涼數知己，秋風激烈感雄才。傷心獨話與亡事，怕聽南飛寒雁哀。

吳祿貞，字綬卿，湖北雲夢縣人。自幼聰敏過人，喜好國術，研究兵法，尤能深入堂奧。為人輕財好義，急人所急，都是從天性流露，因此他的詩歌慷慨激昂，書法則雄偉豪邁。十七歲那年，赴鄉試中式舉人，他卻放棄宦途，考入湖北武備學堂，隨後因為出類拔萃的緣故，被選派到日本士官學校學習騎兵。民國紀元前十四年，受了國父革命思想的影響，加入興中會，確定他以後事業的目標。

民前十一年學成歸國，到了武昌，在張之洞麾下，負責訓練新式軍事人才，一方面則秘密進行革命運動。民前九年，北京練兵處開始成立，電召祿貞北上，他抱著「不入虎穴，焉得虎子」的決心，決計赴京就職，可惜進京後不被重用，於是遊歷西北，足跡遍陝、甘一帶，沿途以詩來發抒他的懷抱，慷慨悲壯，讀之令人興奮，《西征草》一書，就是這個時期的作品。

其後因辦理延吉邊務的成功，漸受朝廷重視，在新軍中也聲望日增，清廷恐怕祿貞他日有變，就擢升他為江西巡撫，希望能籠絡他，可是他絲毫不為利祿所動，反在軍中鼓吹革命，準備響應武昌起義，可惜壯志未酬，即為叛逆的部屬謀害，噩耗傳來，海內人士，沒有不痛惜的。

前舉〈潼關望黃河〉詩，是他在《西征草》中的作品，氣象闊大，意境高遠，不是一般吟風弄月者可以企及的。

首句點題明起，「潼關四扇」是成辭，此處借用。次句「黃河萬里逼城來」，逼字鍛鍊入妙，前人過潼關，有「華嶽三峰憑檻立，黃河九曲抱關來」的聯語，「抱」字就不及「逼」字來得生動。頸聯一句景一句情，一句實一句虛，手法甚妙，《韻語陽秋》說：「律詩中間對聯兩句，意甚遠而中實潛貫者，最為高作」，如賈島的詩：「身世豈能遂，蘭花又已開」，一情一景，讀上句，決不知道下句如何接出，殊有韻致，本聯亦如此。同時，作詩須有真性情，辭必己出，否則函關月落，華岳雲開，凡到過潼關的人，都有一聯，只是徒作豪語而已。祿貞這句「東望中原有劫灰」，確是當時實情，豪情勝慨，並寓句中，這是可貴的。腹聯抒懷，感慨身世，多忠憤之氣。末聯總結作意，慨嘆時局，落句更以景收束，宕出遠神，與劉長卿的「惆悵南朝事，長江獨至今」同一機杼，全詩章法謹嚴，情意不乖，是一首不可多得的佳作。

祿貞先生的詩，奔放雄偉，以氣象見長，與唐朝的岑參、高適很相近，在他所作的《西征草》和《戍延草》中，大多具有劍橫玉塞，馬渡陰山的高壯風格，絕無流連風月，沉溺酒色的句子，警句如：「一身梯米浮滄海，萬里風雲望故山」（〈步王梧生先生己酉守歲十首原韻〉）、「一絲知否牽全局，大錯何堪鑄九州」（同上）、「三顧誰識天下計，九邊未見戰雲開」（同上）、「氣淩五嶽支千派，影壓三韓嶺萬重」（〈留別長白山〉）、「萬里請纓歌出塞，十年磨劍笑封侯」（〈戍邊樓落成登臨有感〉）、「禁色千峰歸嶽麓，才思九曲勝黃河」（〈戲疊前韻寄侗伯兼示幕中諸子〉）等，雄奇險怪，風骨凜然，這一面要歸於他縱橫的才氣，最重要的還不得不歸之於時代的動變，以及他個人的襟抱與際遇。

蝶戀花

黃　興

轉眼黃花看發處。為囑西風，暫把香籠住。待釀滿枝清豔露，和香吹上無情墓。　回首羊城三月暮。血肉紛飛，氣直吞狂虜。事敗垂成原鼠子，英雄地下長無語。

黃興，原名軫，號廑午，別字克強，湖南善化縣人。少年時英俊魁偉，沉默寡言，富於膽智，就讀於鄂垣兩湖書院，撰文闡發時事，文氣豪放，有類東坡，當時很受院長梁鼎芬的器重，稍長，銳意深造，遂赴日留學，在東京創辦湖南遊學譯編刊物，鼓吹思想，返國後抵

湖南，創立華興會與同仇會革命組織，後因避難，再赴日本，和　國父相晤，籌策國事，更協助　國父成立同盟會，隨後又潛回國內，發動革命，大小戰役，無不親自參與，身先士卒，威鎮八方，等到武昌起義成功，猶為統一與討袁的事情奔走，終因為積勞成疾的緣故，在民國五年溘然長逝，享年四十三歲。綜觀黃興一生，忠黨愛國，盡瘁於革命事業，為謀中華民族的自由平等，不遺餘力，可惜天不假年，實在是國家不可彌補的損失。

在黃興所領導的革命戰役中，恐怕要以辛亥廣州三二九之役最為慘烈，全國菁華，幾乎付之一炬，黃興也僅以身免，可是這一次的戰事，烈士們的碧血橫飛，浩氣四塞，使全國潛伏了好久的民心，振奮起來，因而啟發了武昌革命成功的契機，所以國父讚揚此役的價值：可以驚天地，泣鬼神，與武昌起義同樣可以在歷史上永垂不朽。黃興是這場戰爭的直接領導者，因此每當三二九這一天，他的感觸特別大，上面那首〈蝶戀花〉詞，就是他在民國二年的三二九，憑弔黃花崗烈士時的作品。

這首詞的上片，一意貫串，深情宛轉，描寫生動，詞意是說：眼看又到了黃花綻金的時候，我殷勤的囑咐西風，暫時把花香留住，等到清露釀滿花枝時，再糅和清香，一齊吹上黃花崗去。託物抒懷，人癡語癡，如果不是真性情的流露，又那能寫出這樣生動的詞句？同時，我們可以體認出，吹上無情墓的「香」，已經不是尋常的花香，而是留芳千古的「香」了。過片三句，回憶當時戰鬥的情形，「血肉紛飛」，形容戰事的慘烈，「氣直吞狂虜」，形容先烈們如虹的豪氣。末兩句無限感慨，為先烈們感到遺憾，同時也為自己感到遺憾，悲愴委婉，令人一掬同情之淚。

克強先生還有一首贈友詩：

淒絕鮫堂碧血鮮。妖雲瀰漫嶺南天。圖窮匕見荊卿苦。脫劍今逢季札賢。他日征秦終有救。十年興越豈徒然。會須劫取紅羊日。百萬雄師直抵燕。

黃興所領導的革命戰役，雖然屢遭敗北，但他從不氣餒，在這首贈友詩中，甚至更可以看出他那種愈挫愈勇的精神來。

黃先生的詞詩，駿發踔厲，忠義之氣，咄咄逼人，佳作很多，不遑枚舉，謹擇錄幾首，供讀者欣賞，並用以結束全文。

輓劉道一

英雄無命哭劉郎，慘澹中原俠骨香。我未吞胡恢漢業，君先懸首看吳荒。啾啾赤子天何意？獵獵黃旗日有光。眼底人才思國士，萬方多難立蒼茫。

和譚石屏元韻

懷椎不遇運終窮，露布飛傳蜀道通。吳楚英豪戈指日，江湖俠氣劍如虹。能爭漢上為先著，此復神州第一功。媿我年來頻敗北，馬前趨拜敢稱雄。

山虎令

明月如霜照寶刀，壯士掩凶濤。男兒爭斬單于首，祖龍一炬咸陽燒，偖大商場地盡焦。革命事，又丟拋，都付鄂江潮。

古籍今注新譯叢書

新譯宋詞三百首

汪中／注譯

本書採用歷來宋詞最佳選本，重新編譯，並針對一般人皆感陌生的詞牌，作扼要淺顯的說明，每調皆一一按照詞律、詞譜、牌名、音韻字數，加以說明。字旁用附號注明平仄，並加注韻腳，詳作注釋，說明出處。除了語譯外，特別再加賞析部分，對作品背景和詞語前後的結構融合加以說明，讓讀者對宋詞的格式和意境都能有更深刻的認識與領會。

新譯人間詞話

馬自毅／注譯　高桂惠／校閱

《人間詞話》是近代學術巨擘王國維融匯中西文化的文學評論專著。他所標舉的「境界」說，在中國近代文壇上獨樹一幟，對中國古典文學評論向近代轉化有篳路藍縷之功。本書為尊重作者與保持作品原貌，編排上按照王國維原意分為四部分：卷一為王國維生前手定稿；卷二為人間詞話未刊稿；卷三為人間詞話刪稿；卷四為人間詞話附錄，四卷共一百五十五則，正文並參考諸多版本詳為校勘。王國維的文學、美學思想豐富，本書導讀對其人其書有深入介紹，並透過詳確的注譯與多角度、多方面的分析評述，以幫助讀者深入研讀。

新譯花間集

朱恒夫／注譯　耿湘沅／校閱

《花間集》是五代後蜀趙崇祚於後蜀廣政三年(西元九四一年)所編纂的，為歷史上最早的詞集。收錄溫庭筠、韋莊等十八人的詞作共五百闋。綺靡柔豔、漫抒閒愁是「花間」特色，開啟了詞家婉約一派；而融合民間詞調，創作新曲，又奠下詞律之基。行止花間，觀覽繽紛之餘，亦可見它在中國韻文學史上承先啟後的樞紐地位，影響後世詞壇極為深遠。本書以南宋紹興年間的晁刻本為主，參校近人的研究成果，除注譯詳盡外，每首詞後的賞析，更可見出注譯者用力之深。

文苑精選叢書

中國文學概論

尹雪曼／著

為激發讀者對中國文學的興趣，提供讀者更廣闊的文學視野，作者將中國文學有系統地整理表述。全書分五編，首先說明中國文學推演的進程，並將儒家、道家及佛家經典對中國文學創作之影響，進行極深入的探討與分析；其他四編，則涵蓋詩歌、詞、曲、小說等文類，詳盡地論介其特質、形式、內容與發展過程中所產生的變化與流派；此外，精確地評論中國文學各類作品發展之實況，更可使讀者對中國文學發展背景，獲得極深刻而明晰的認識。透過此書，讀者必能從中得到清晰的中國文學觀念，並適切掌握到學術思想發展與演變的樞紐。

中國文學史研究

梁容若／著

好的文學史，除了是正確的歷史以外，本身還應當是文學作品，正如偉大的文學批評也一定是文學書。〈文賦〉、《文心雕龍》、《史通》都是明證。不是作家，就不能理解作家，更無從批評作家，記述也就難於得體。梁容若先生一生研究、講授中國文學史，可謂集畢生精力於此；他不但整理、擁有許多目前罕見的資料，對於文學史的研究也有獨到的見解。本書特別將這些心血結晶，完整呈現，讓前輩學人治學的風範，永成我們的借鑑。

國學常識

邱燮友、張文彬、張學波、馬森、田博元、李建崑／編著

前人對中國歷史，有「一部二十五史，從何說起」的浩歎。實際上國學的範圍，比起中國歷史的範圍更廣，所以一般初學者常常望之卻步，不免錯失許多先人智慧的結晶。

有鑑於此，我們針對高中職、大學生，以及喜愛中國學術的社會人士，編纂了《國學常識》這本書。將國學的名稱和範圍、國學典籍的分類、經學常識、史學常識、子學常識、文學常識以新觀念、新方法來介紹，並增列語文、文法和修辭常識等國學基本常識。此外，還另闢一專章，介紹重要的經學家、史學家、思想家、文學家的傳略和軼事，讓讀者體察古代學者的才情與際遇，了解古人成功的因素和貢獻。書後因應目前各級考試命題的趨勢，重新編寫試

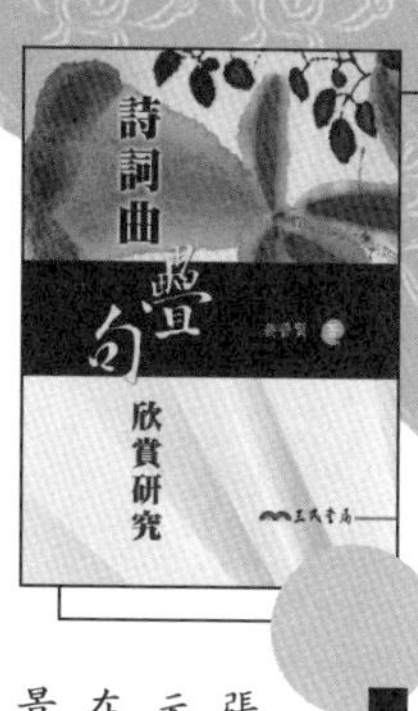

詩詞曲疊句欣賞研究

裴普賢／著

本書作者裴普賢教授是東西洋漢學家中第一位正式研究疊句的人，她為疊句繪製出三十五張臉譜，即定出三十五種名稱。她從《詩經》中疊句的研究開始，進而展開對樂府、唐宋詞、元明戲曲、現代新詩、歌曲乃至非韻文疊句的考察。全書舉例詳盡，幾遍及各類文體，讓讀者在領略疊句的萬種風情之餘，還能欣賞多篇優美的文學作品，就像深入名山，不僅觀賞了奇景，又意外的發現寶藏。

唐詩主題與心靈療養

侯迺慧／著

本書深討唐詩某些主題世界中，詩人隱微細膩的情意心理，與轉化負面情緒的自我治療歷程。其中包含了李白、杜甫、白居易等大詩人等最具典型的詩歌主題，從這些詩歌表現來剖析他們生命中的心靈困境與心理創傷，以及他們轉化這些困境的自我調整、自我治療。此外，本書也包含了一些以全唐詩的重要主題為研究對象的篇章，解析唐代詩人們共有的心理困境或憂傷。讓我們了解唐代整個時代共有的文化心理，同時貼近古代文人生命的自覺與安頓心靈的動人情懷。

唐詩欣賞與創作入門

許正中／著

唐詩又稱近體詩，不論律詩或絕句，五言或七言，每首詩的字數、句數、聲韻等，都有其特定的格式。瞭解其規則要素，是掌握欣賞與創作的入門之鑰。本書首先略述近體詩之源流，再分章就其聲韻特質與相關要素，如平仄、押韻、格式、對偶等，舉實例加以詳細說明，末章並就近體詩之作法與析賞述其大要。相信對於讀者瞭解唐詩的構成要素有所幫助，並藉此登堂入室，進一步深入體會唐詩的奧妙，獲得欣賞與創作唐詩之樂。

迦陵談詩

葉嘉瑩／著

本書收錄了葉嘉瑩教授歷年所寫關於中國詩歌的論著十二篇。其中所涉及的題目除了廣泛的中國詩歌在形式、內容、技巧方面的演進之外，尤其集中在古詩十九首與陶淵明、杜甫、李白、李義山幾位名家的探討與欣賞上。葉嘉瑩教授採取了一種融貫中西、會通古今的觀點來處理它們；在這種廣闊的背景上，她提出獨特的新見解，充分地顯示了作者感受的銳敏，思慮的周至，與學養的深厚。這是一本任何愛好中國詩歌的人必須欣賞的優良讀物。

陳寅恪晚年詩文釋證

余英時／著

本書是作者四十年來研究陳寅恪史學觀念和文化精神的總集結。一九四九年以後，陳寅恪已成為中國大陸上唯一未滅的文化燈塔，繼續闡發「獨立之精神」和「自由之思想」。但在文字獄空前猖獗的時代，他的史著不得不儘量曲折幽深，詩文也不得不用重重「古典」包裹「今情」，因此形成了一環套一環的暗碼系統。本書作者在八十年代破譯了他的暗碼系統，使他的晚年生活與思想的真相重顯於世。十餘年以來本書所激發的爭議不斷擴大，最後演成今天大陸的「陳寅恪熱」，引出了大批有關他晚年的檔案史料。本書作者充分利用新史料增寫了《陳寅恪與儒學實踐》和《試述陳寅恪的史學三變》兩篇長文，更全面地闡明他的價值系統和史學思想。這是本 書最後決定版的主要特色。

中國歷代故事詩

邱燮友／著

文化中的璀璨瑰寶——故事詩，是用詩歌的方式，來鋪述一則故事的長篇敘事詩。我國的故事詩，大抵用音樂或樂曲來說故事，因而故事詩多為樂府詩的形式。換言之，將小說的題材，用詩歌的方式來表達，便成為故事詩。每個時代都有動人的故事在發生，這些有血有淚、有情有義的故事，經民間詩人或文人將它們用詩歌、用音樂記錄下來，就如同四季的風，催開每季不同的花朵，然後在和煦的陽光下，展現婀娜多姿的姿態，令人搖蕩情靈，吟頌不已。

古典詩歌選讀

王文顏　顏天佑　侯雅文／編著

詩歌是中國文學的菁華，長久以來溫暖萬千讀者的心靈。為了彌補坊間詩選的不足，我們一方面增加編選方式，而且擴大詩歌的取材範圍，希望為詩歌愛好者提供更優質的讀本。本書編選，除依年代先後，選擇代表詩人及作品外，另採「主題式」選詩。將同類型的詩歌集中呈現，以便讀者比較、鑑賞其間異同，增加研讀的趣味。舉凡愛情、友情、自然、歷史、自我等主題，皆在選編之列。

另外，自明鄭以來在臺灣生根發展的古典詩，不但具有古典詩的面貌，更反映臺灣獨有的內涵。特殊的歷史背景、地理環境、社群文化，孕育出臺灣古典詩卓爾的風味。為此，本書另立專章，除了簡述臺灣古典詩歌發展的梗概外，亦精心挑選數首詩作提供讀者欣賞。這些編者的巧心，無非是希望與您共享讀詩的喜悅，一同貼近詩人的心靈。

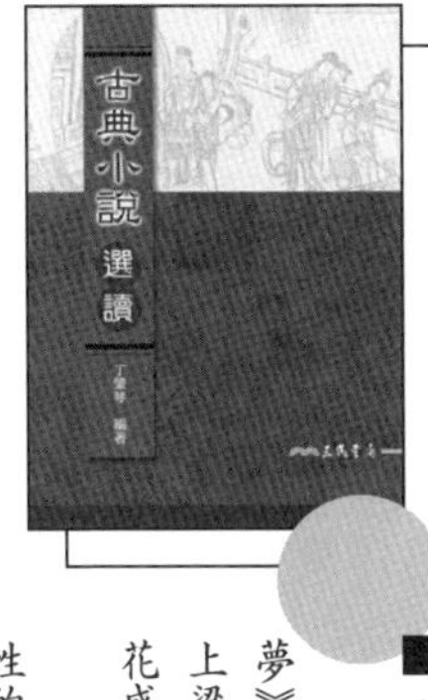

古典小說選讀

丁肇琴／編著

古典小說是中國文學中的瑰麗珍寶，也是瞭解當時社會文化的一項重要材料。透過《紅樓夢》，可以一窺中國舊式家庭的生活樣貌；閱讀《水滸傳》，能夠體會梁山好漢不得不被「逼上梁山」的無奈選擇。其他如六朝志怪、唐人傳奇、宋代話本……個個千嬌百媚，好似春天繁花盛開的後花園，足以令人流連忘返，沉迷其中。

本書從六朝至明清之際浩如煙海的小說作品中，精選最具代表性、趣味性、文學性和社會性的名家名作，並輔以精確的注釋及深刻的賞析足堪稱為古典小說選集的範本。特別的是，還加上延伸閱讀這一單元，不僅提供讀者閱讀相關文本或論文的捷徑，也幫助您更貼近作家的心靈。

唐人小說

柯金木／編著

本書共分為五個教學單元、收錄十三篇唐人小說，各篇均有導讀、正文、眉批、注釋、釋文、析評、問題與討論等七個部份，作為基本閱讀、研習的依據。

本書的內容編排，特別重視即知即用，不但提供使用者淺顯易懂得內容，並在「單元授課說明」中，有完整的課程搭配介紹。在教學思維上，強調由教師引導學生思考，以及多向互動的學習觀點，既有個別獨立章旨討論，也有網絡串聯的單元分析表。另有課前活動、課後活動的設計，可以有效激發學習興趣、效益。

本書集結了單元主題教學、引導式教學、互動式教學等理念，使用者不妨多加留意。

■微觀紅樓夢

王關仕／著

本書為王關仕教授繼《紅樓夢研究》後，十餘年來所發表在學報、學術會議、演講和未發表的單篇論文，匯為一集，並修訂整理為三大部分：輯一——人物微觀。從小說人物探索史實人物，以證其「真」「假」「有」「無」，並澄清紅學上某些爭辯問題。輯二——事物微觀。從小說中某些事物探索其隱義隱事，並指證書中的差失，及紅學者的誤解。輯三——地點微觀。從小說中人、地、事、物、時序，以證明賈府真實地點是南京。本書從《紅樓夢》中一人、一名等小事切入研究，考證真假，闡明隱義，澄清誤解，觀點多元新穎，也對未來研究紅學者提供了莫大的貢獻。